내일은 완성할 거라는 착각

내일은 완성할 거라는 착각
염승숙 윤고은

'소설가의 마감'이 끝나면 '편집자의 마감'이 시작됩니다. 이 책에는 '편집자'라는 단어가 무려 열여덟 번 등장하는데요. 저 역시 이 책을 만들며 두 분께 "선생님, 죄송하지만…"으로 시작하는 메시지를 많이도 남겼던 것 같아요. '양해'와 '감사'를 쌓고 쌓으며, 언제나 책은 완성되어왔습니다.

책이 출간되어야 하는 날짜나 작품이 발표되는 지면의 마감일은 대부분 정해져 있고, 그 과정은 흡사 '발단-전개-위기-절정-결말'처럼 느껴집니다. 모든 소설 창작에는 '청탁'이라는 '발단'과 '집필'이라는 '전개'가 있고, '펑크'라는 여러 번의 '위기'가 찾아오며, '편집'이라는 절정을 지나, 결국 '마감'하고야 마는 '결말'에 이르니까요. 이 세상 모든 작품이 거쳐온 과정이라고 생각하면, 그에 조금이나마 일조한 저의 눈동자와 손가락의 노동이 새삼 신성하게 느껴집니다.

'공복'으로 시작해 '차' '식탁' '작업실' '펑크' '전투식량' '냉장고'를 거쳐 '만찬'으로 끝나는, 두 소설가의 이 마감 노트는 곧 창작 노트이기도 합니다. 여덟 가지 공통 키워드를 통해, 전혀 다른 처지에 놓인 두 소설가의 마감 풍경이 엇갈려 전개됩니다.

소설이 독자에게 가닿기까지 경유하는 곳은 비단 책상만이 아니었습니다. 아이와 나란히 앉아 이유식과 간식을 챙겨 먹는 식탁 한편이기도, 무려 호텔 객실에 비치된 스탠드형 다리미판이기도 한 것이죠. 소설의 연료가 되어준 음식들은 때로 고자극 탄수화물일 때도 있지만, 절박할 때는 커피조차 입에 흘려 넣기가 쉽지 않습니다. 말로만 들어온 '창작의 고통'이라는 실체를 조금 들여다본 것 같아 마음이 숙연해지기도 합니다.

많은 편집자들이 금요일마다 그야말로 '주말엔 교정 볼 거라는 착각'을 하면서 교정지가 든 에코백을 어깨에 메고 호기롭게 사무실을 나섭니다. 하지만 한 번도 열어보지 못한(않은) 채 그대로 다시 들고 출근하는 월요일을 맞이해본 편집자라면, 마감일을 지키지 못한 작가의 마음을 분명 모르지 않을 겁니다.

그래도 무사히 인쇄되어 나오는 책을 보니, 해피 엔딩입니다.

Editor 김지향

차례 ————

마감식이란 게 길게 보면…

공복

염승숙

사람의 눈썹 위 어디쯤, 배터리 잔량 표시등이 있다면. 나는 아마도, 오전 중에 잠에서 막 깨어났을 때 1% 정도…. 자고 일어났는데 어째서 전원이 꺼져버릴 것 같은 상태인지 나로서도 모르겠지만, 해명할 수 없지만, 아무튼 1%다. 가만 놓아두면 조금쯤은 버틸지 몰라도 그저 기약 없이 방전되어버리고 말 태세로 옴짝달싹하지 못한다. 물론 그 순간에 나는 이것을 간절히 원한다는 아이러니가 생긴다. 온전히 방전되고 싶어요. 제발 나를 가만 내버려두세요…. 버지니아 울프는 방을, 앨리스 먼로는 식탁을 원했다지만 나로서는 침대만이 절실해지는 것이다.

그러나 바람은 바람일 뿐, 곧 무법자가 달려든다.

"아침이에요, 엄마! 일어나요! 날씨가 좋아요!"

(비가 오나 눈이 오나 아이는 커튼을 열지 않아도 날씨가 좋아 보이는 천리안을 가졌어요.)

작고 마른 아이가 점프하다시피 품에 안기면 나는 '윽' 소리를 내면서도 몸에 힘을 준다. 육아는 어렵지만, 딱 한 가지의 진실만 유념하려고 한다. 아이의 무게를 견디는 것. 아이를 먹여 살찌우고 뼈를 자라게 하는 그 이상의, 존재 자체의 무게를 견딘다. 인내하는 건 어디까지나 아이가 아니라 부모여야 한다는 점을 매일 명심하고 싶어진다. 그리고 아침마다 아이가 이불 속으로 파고드는 무게를 버티는 사이, 내 배터리 퍼센티지가 오른다. 순식간에 5%, 10%, 20%… 쭉쭉 올라간다. 아이가 주는, 그 망설임 없이 따뜻한 체온의 힘은 놀랍다.

고속 충전으로 50% 정도는 채워졌을 때 이불을 걷어내고 자리에서 일어나야, 내 몸이나 다른 물건들에 생채기를 내지 않을 수 있다. 오로지 그 사실에 주의한다. 도저히 정신을 차리지 못하는 아침이 있는데 그럴 땐 발을 삐끗하거나 그릇을 깨뜨리거나 뜨거운 물에 데거나 삶은 달걀의 껍데기를 까면서조차 손을 베이고 만다.

이따금 공기에 균열을 내는 소리를 예민하게 감지하며 다다다다 달려온 아이는 나를 물끄러미 바라보다가 묻기도 한다.

"엄마, 충전해줄까?"

"좋지!"

아이는 나를(실제로는 내가), 으스러지게 안아준다. 합일의 안도감. 지극히 단순하고 충만한, 포개짐의 기쁨. 일상은 사고의 연속이지만 그럴수록 잔여 배터리의 양을 잘 체크해야 한다고 느낀다. 충전은, 충분할수록 좋다. 누구나 잔여 배터리의 양이 100%에 가깝기를 원하니까.

분명히 자고 일어났는데도 정신을 제대로 못 차리는 이유는, 잠을 잘 못 잤기 때문이다. 애석하게도! 밤에 오래 깨어 있을뿐더러 쉽게 잠에 들지도 못한다. 아닌가, 잠들지 못해서 깨어 있다고 말하는 게 맞을 것이다. 가까스로 잠드는 시간은 새벽이 다 저물어갈 무렵이고, 아이의 생체리듬에 맞춰 일어나게 되니 언제나 강제 기상인 셈. 재밌는 건 아이의 수면 패턴에 따라 나의 수면 시간이 매해 한 시간씩 줄어들어왔다는 사실인데 이건 기상이변만큼이나 내게 위협적이다.

나는 대체로 새벽 3~4시에 잠든다. 아이는 네 살 무렵까지 오전 10시에 일어나다가, 다섯 살이 되자 9시에 일어났고, 여섯 살이 되니 8시에 일어나고 있다. 내가 더 일찍 자야 한다는 걸 알지만 쉽지가 않다. 자정 전에 잔다든가 백번 양보해서 새벽 2시

전엔 자러 가자고 늘 결심해도, 불면은 끈질긴 친구 같다. 가지 마! 더 놀자! 집요하게 옷깃을 붙든다. 그 친구 참 체력도 좋지.

잠을 깊게 못 드는 건 어릴 때부터라서 만성화되었지만, 그럼에도 불구하고 인체는 신비해서 나는 주기적으로 정전(停電)을 겪는다. 의식의 스위치가 저절로 내려가버려서, 아이를 전신주처럼 붙들고 열두 시간을 내리 잠에 취해 있기도 하는 것. 그마저도 서너 시간 주기로 깨고, 멍하니 집 안을 서성이다가 다시 침대로 돌아가 곯아떨어지는 패턴이지만. 어쨌든 그래서, 아침에 일어나면 잘 먹지 못한다는 머쓱한 결론에 이른다.

잠에서 깨어나면 일단 정신 상태가 몽롱하고, 육체의 상태도 그다지 바람직하지 못하다. 유산균 한 알을 물 한 잔과 함께 삼키고 나면, 그래서 자연스레 두 가지 상황에 놓인다.

하나는 아무것도 못 먹겠는 상황.
다른 하나는 먹고 싶다는 생각이 전혀 들지 않는 상황.

나는 아주 찬찬히, 먹지 않고 시간을 보낸다. 아이의 먹을 것을 챙기느라 분주히 움직여야 하지만, 정작 내 몸에 들어가는 건 없는 편이다. 대개의 경우 그것은 정오 가까이 이어진다. 식사라고 부를 만한 것을 먹는다면 12시에서 1시 정도는 되어야 하니까.

특별한 일정이 없다면 나는 매일 오후 6시쯤 저녁을 먹고, 이후로는 전혀 먹지 않는다. 마감을 앞두고 밤늦도록 원고를 쓰거나 봐야 한다 해도, 물이나 차를 마실 뿐 다른 건 먹지 않는다. 술이나 커피를 마시지도 않고, 군것질을 하는 일도 없다. 한때는 야심한 시각에 에너지 음료나 다크초콜릿을 먹어보려고 한 적도 있는데 시도로만 그쳤다. 초콜릿을 먹는 것보다, 초콜릿을 어째서 알루미늄 포일로 포장하는지가 더 궁금했던 것이다.

언젠가 동료 작가 A에게 그 말을 했더니, 그녀는 내게 "다크여서 그런 거야!"라고 대답했다. 그리고 경악스럽다는 듯 덧붙였다. "어떻게 소설을 쓰면서 아이스크림을 먹지 않을 수가 있어?"

세상에 소설가는 너무나 많고, 그들은 제각기 다양한 것을 먹으며 쓴다. 그럴 거라 생각한다. 밀크

초콜릿을 사랑하고, 아이스크림을 냉동실 가득 채워 넣고 계속 먹어줘야 마감을 거뜬히 해낼 수 있는 작가도 있다. 그것 또한 이해한다. 그리고 이 세계에는 당연히, 아무것도 먹지 않는(못하는!) 작가도 있는 것이다.

그러니 어찌 보면 공복은 내가 가장 자신 있는 '상태'다.

아침을 먹는 것도 마찬가지다. 밥은 물론이고 가벼운 과일, 견과류, 우유와 시리얼, 빵, 감자와 고구마 등 여러 가지를 도전해봤지만 잠에서 깬 직후에는 정말로 먹을 수가 없다. 이런 말은 정말 하고 싶지 않지만, 슬프게도 나이가 들수록 더 그런 것 같다.

레프 톨스토이는 아침마다 삶은 달걀 두 개를, 빅토르 위고는 날달걀 두 개를 먹고 글을 썼다기에 달걀을 삶는 것에 대해 고심하던 때도 있었다. (날달걀은 도전의 욕구가 생기지 않았어요.) 나는 고등학교 교육과정에서 '가정·가사' 과목을 배운 세대이고, 그래서 달걀 삶는 법이 사진과 함께 설명된 교과서까지 기억이 나니까 어려운 일은 아니었는데. 흠.

물에 적당한 소금과 식초를 넣고, 달걀을 국자에 담아 깨지지 않게 넣고, 물이 끓으면 대략 10분쯤 삶고 나서 찬물에 담갔다가, 껍질을 잘 으스러뜨려서 깐다. 아주, 간단하다.

무엇보다 그냥 달걀만 삶아서 먹으면 되는 일인데… 내 생각에 나는 다소 산만한 성격이고, 쓸모없고 난삽한 호기심을 갖고 있다. '날달걀 섭취, 건강에 괜찮을까?'라는 뉴스 검색부터 달걀의 조리법, 에그쿠커의 사용 후기를 모조리 찾고, 살모넬라균에 대한 나무위키를 정독하고, 끝내 "닭장이란 게 길게 보면"으로 시작하는 책 『고기로 태어나서』까지 읽고, 절망한다. 그리고 또 달걀의 등급을 공부하고, 동물복지와 자유방목에 힘쓰는 무항생제 달걀 판매처를 검색하여 어떻게든, 분연히, 구매한다. 다시 말하지만 아침에 눈을 떠서 1등급 달걀을 삶아 입에 넣는 것과는, 아무 관련이 없다.

문제는 여기에 있다. 나는 항상 과정엔 집중하지만 먹는 것엔 기어이 실패한다. 자고 일어난 뒤에도, 아니 오전 내내 뭔가 먹으려고 할수록 부자연스러워지고 마는데 이건 아무래도 소화기능의 문제라고 생각한다. 배 속에 음식물이 들어간 것보다 아무것도 없이 텅 비어 있는 게 더 편안하다고 느껴지는 탓이다. 먹는다는 건 영양의 차원에서 꽤 중요하므로, "아침에는 뭘 좀 먹어줘야 하지 않겠어?" 하는 걱정 어린 말들도 듣지만, 먹겠습니까? '예' '아니요'로 이어지는 화살표가 있다면 '아니요' 쪽으로의 자동 선택…. 공복은 결국 공심(空心)의 문제인 것인지도 모른다. 배 속에 아무것도 없어야 마음까지 편안해지는!

인정하기 싫지만 소설을 쓰는 사람은 대부분 예민하고, 허영이 많고, 이기적임에는 틀림이 없다. 호기심으로 가장한 지적 희구가 있고, 아무것도 아니라는 열패감에 자주 휩싸이며, 순수한 인정 욕망에 마구 휘둘리니까. 나는 때때로 내가 너무나 호사스러울 정도로 시간을 내버리고 있다고 느낀다. 먹고 싶지 않을 때 먹지 않고, 먹히지 않을 때 억지로 밀어 넣지 않는 것, 공복을 오래 유지하는 것도 마찬가지다. 육체적으로 노동의 강도가 센 직업이거나 긴 출퇴근을 반복하는 직장인이라면 어려운 선택일 수 있다.

그러니까 이건 어떻게 해서든, 내가 글쓰기에 편하다고 느끼는 환경과 자리와 몸을 만들려는 절박한 제스처일 수도 있고, 그저 소화불량에서 기인하는 불안에 강박적으로 대응하는 방식이라고도 느껴지지만, 어쩔 수가 없다. 마감이 임박해오면 먹어야 한다는 생각보다, 당장 어제 내가 낭비해버린 시간과 노트북의 전력을 먼저 떠올리게 된다. 초조해지고, 다급해지고, 죄스러워진다. 소설가라면 언제 어디서든 글 쓸 준비가 되어 있다는 점에서 응급실 의사와 같다고 말한 필립 로스는 바보 멍청이야… 괜한 원망도 해가면서, 나는 풀어내야 할 이야기, 마무리 지어야 하는 원고에 대한 생각에서 벗어나지 못한다.

마감식의 최우선은, 어쨌거나 공복이다.

포도 코팅

공복

윤고은

시작은 따뜻한 물 한 컵이다. 하루의 감각단추라고나 할까. 가을부터 봄까지는 그 물에 레몬 한 조각을 넣기도 한다. 무농약 레몬을 써야 시간이 절약된다. 그렇게 물을 한 컵 마시고 나면 나의 공복 친구들이 하나둘 등장한다. 유산균, 홍삼, 들기름, 블루베리, 꿀, 오트밀, 사과, 셀러리, 당근… 단골 멤버들이다.

공복은 마치 아무도 밟지 않은 흰 눈밭 같아서 누가 오더라도 또렷한 발자국을 남길 수 있지만, 가끔은 발자국 하나가 아니라 뒤로 벌러덩 드러눕는 독식자도 있다. 이를테면 아침 공복에 특히 좋다는 포도 말인데, 내가 공복에 먹는 포도의 규모는 적어도 한 송이 이상이다. 여름 끝자락부터 포도알이 쭈그러드는 계절이 올 때까지 매일 아침 한 송이씩을 먹는다. 매번 오늘 먹는 것이 마지막 포도라고 생각하면 포도와 접촉하는 그 시간이 너무 황홀해서 멈출 수가 없다. 포도만의 새콤달콤함이 영혼을 살짝 코팅해주는 느낌이랄까? 아침 포도는 내 기분에 불필요한 먼지가 내려앉지 않도록 돕고, 포도를 너무 사랑하는 나는 공복감이 급속도로 줄어든다는 걸 알면서도 멈출 수가 없고, 아직도 공복 타이밍을 노리는 대기자들이 많이 남아 있고… 그런 것이다. 결국 한정적인 공복을 어떻게 최대한 활용하느냐를 생각하지 않을 수가 없다.

공복에 섭취하면 더 좋다는 식품을 볼 때마다 좀 난감한 기분이 드는 건 내가 관심을 품을수록 결과적으로 공복감은 계속 줄어들게 되고, 유산균부터 당근까지 이어지는 공복 대기자들을 어떻게 다 수용할지를 고민하게 되기 때문이다. 꾸준한 섭취를 위해서는 아침 공복이 제일 좋은데 그게 가장 좋은 시간대인 만큼 결국 나는 며칠 단위로 교대 시스템을 돌릴 수밖에 없다. 그래야 늘 부족한 공복이 고루 돌아갈 수 있으니까.

공복감이 다 차면 이제 아침식사를 시작한다. 설마 지금까지 먹은 건 뭐냐고 물을 사람이 있으려나? 공복 타이밍에 만나면 좋을 음식과 아침식사는 별개다. 아침식사에 공복 친구들을 끼워줄 수는 있지만 그들만으로는 부족하다.

나는 하루 중 세 시간을 지하철에서 보낸다. 경

기 남부에서 북부로 출퇴근을 하기 때문이다. 라디오 진행을 맡은 지 3년 반이 지났고 나름의 루틴이 만들어졌다. 어느 시점부터는 손이 닿는 이면지가 죄다 라디오 대본이어서 자연스럽게 그 반대 면에 소설을 인쇄하게 됐다. 한 면은 라디오, 한 면은 소설을 입는 종이들…. 나는 그 종이들처럼 살고 있다.

소설과 라디오는 서로 등을 대고 있어서 한 몸이지만 서로의 얼굴을 볼 수는 없다. 소설은 혼자 쓰는 세계, 누구도 초대하지 않는다는 뜻은 아니지만 분명 '나 혼자'여서 가능한 매혹이 있는 세계다. 그에 비하면 라디오는 굳이 혼자일 이유가 없는 세계다. 소설가로 책상 앞에 앉을 때는 입을 꼭 다물고 있을 때가 많지만, 진행자로 온에어 표시등 앞에 있을 때는 계속 말이 흘러야 한다. 이 두 세계를 오가는 데 매일 세 시간이 걸린다. 이동을 최고의 영감으로 삼는 사람으로서 길 위에서 보내는 시간이 아깝지는 않지만, 원고 마감에 쫓기고 있을 때는 두 세계가 너무 멀어 괴롭다. 거의 추격전 수준으로 쫓고 쫓긴다는 기분이 드는 시기에는 특단의 방법을 쓸 수밖에 없다. 기상 시간을 앞당기는 것이다. 취침 시간을 늦추는 것보다는 기상 시간을 옮기는 편이 내게 조금 더 효율적이다.

새벽 4시 부근에 알람 스무 개를 맞춰놓고 그중 세 번째 알람쯤에는 원고가 게재될 지면 이름이나 작품 제목, 때로는 편집자 이름도 써넣는다. ('김지향 팀장님께 꼭!' 이런 식으로.) 보통은 첫 번째 알람이 울리기도 전에 눈을 뜨게 된다. 10분 단위로 시간을 확인하며 김밥처럼 댕강댕강 썰린 잠을 이어가다가 마침내 4시쯤엔 완전히 일어난다.

새벽 4시 기상이 내게 그리 흔한 건 아니지만 역시 따뜻한 물을 한 컵 마시는 건 변함이 없고(이 경우엔 레몬 생략) 한 시간쯤 글을 쓴다. 5시가 넘어가면 공복의 효과를 끌어올리기 위해 공복 친구들을 찾아 나선다. 나는 아침 공복을 그냥 두지 못하는 사람, 어떻게든 이 황금시간대를 활용해야 하는 사람. 그래서 마감은 급박하지만 올리브 오일이라든지 들기름도 한 숟가락 먹고 사과도 베어 먹고 그러다 따뜻한 커피도 한 잔 내릴 수 있게 된다. 평소 흐름대로 자연스럽게 손 닿는 것들을 챙기다 보면 차차 이 시간을 내 것으로 지배할 힘이 생기는 기분이다. 커피

한 잔을 들고 아침 고요 속에 머물 때의 기분은 꽤 근사하기도 하다. 물론 감상에 젖을 여유가 없다는 게 맹점이지만.

힘을 보충하며 목표인 아침 9시를 향해 가는 것이다. "밤에 원고를 꼭 보내놓을게요."라고 말했던 것을 지키기 위해서, 세상 모든 편집자들이 출근하기 전에! 이렇게 내 원고는 대부분 공복 속에서 탄생한다. 공복과 공복의 최대 효과를 누리려는 친구들 틈에서. 갓 구운 빵을 내놓는 기분으로 약간의 설렘과 피로를 동반한 채.

늘 아침 9시 이전 송고에 성공하는 건 아니다. 일주일에 네 번은 나도 출근해야 하니 아침 9시가 아니라 때로는 8시 전에 원고를 보내놓아야 한다. 내가 진행하는 라디오는 분명 점심 시간대 프로그램인데 생방송에 앞서 녹음할 분량도 있고, 또 집에서 꽤 먼 거리에 방송국이 있어서 아침 일찍 집을 나서야 한다. 지하철로 한 시간 반 거리, 때로는 버스도 타고 택시도 타지만 어쨌든 심리적으로는 모두 '원고 밖' 세계다. 아직 마감 처리하지 못한 원고를 올

풀린 채로 보낼 수도 없고, 그대로 두고 떠나야 한다는 것도 정말 괴로운 일이나… 종종 마주하는 상황이다.

만약 아침 7시가 넘도록 원고를 마무리하지 못했다면? (마치 지금 이야기를 하고 있는 듯, 아니다. 오늘은 좋은 예감! 반드시!) 아침 7시쯤에는 중대한 결심을 해야 한다. 그즈음 되면 쫓기듯 쓰고 싶지 않다는 충동 같은 게 솟기도 하고(왜 이제야 그런 생각을!) 진행 중인 원고가 이미 망했다는 포기도 하게 된다. 딱 하루만 더 있다면 정말 세상 완벽한 원고를 만들어낼 수 있다는 착각인지 확신인지 모를 것도 생겨난다. 그러면 일단 원고를 덮고 출근 준비에 집중한다. 집중이라 함은 서둘러 아침식사를 하게 된다는 것이다. 먼 길을 가야 하는데 아직 아침 안 먹었잖아…. 공복을 달랬을 뿐.

최근에는 장편 소설을 연재 중이라 두 달에 한 번씩 마감일을 맞이하고 있다. 얼마 전 여섯 번째 마감을 했고, 그때가 아침 9시 이전 송고에 실패한 상황이었다. 나는 결국 노트북을 껴안고 출근하는 쪽을 택했다. 지하철 인파 속으로 몸을 밀어 넣으면서 아침 9시가 막 지났을 때 편집자에게 문자를 보냈다. "월요일까지라 함은 월요일 아침을 말씀하신 거였겠죠?"로 시작되는 내용인데 요지는 오늘 밤에 꼭 보낼 것이며 이번엔 믿어도 좋다는 것이었다.

솔직히 한심하기 짝이 없는 문자였다. 등단 후 15년 가까이 수많은 마감일을 거치면서 송고 시스템에 숙련되었을 법도 한데, 이제 와서 갑자기 편집자의 시간과 나의 시간 사이에 시차가 있기라도 한 것처럼 월요일이 정확히 몇 시로 마감되는 것이냐를 새삼 묻는다는 게 말이다. 그것이 6회 원고에 대한 것이었으므로 이미 앞서 다섯 번이나 비슷한 대화를 주고받았던 편집자는 이 능청스러운 문자의 절박함을 간파하고는 웃는 톤의 답을 보내왔다. 화요일(내일 오전 9시)을 기다리고 있겠다는 내용으로.

공식 마감일도 아니고 그것을 이미 넘긴 후 내가 약속한 진짜 마감일까지 넘겨버릴 때의 마음은 아무리 해도 단련되지 않는다. 습자지처럼 바람만 불어도 바들바들. 그러니 편집자가 보내준 답 문자 속의 '웃는 톤'. 이런 건 마치 '포도 코팅' 같은 것이다. 그 힘으로 나는 방금 벌게 된 새 하루를 반듯하게 다림질하는 마음이 되는 것이다.

영화 〈섹스 앤 더 시티 2〉에서 주인공은 아부다비에서 저지른 충동적인 키스에 대해서, 미국과의 시차를 고려해 이렇게 정리한다. "이건 아직 일어나지 않은 일이야." 마감 때면 그 대사를 나에게 적용해본다. 작가는 경기 남부에서 이미 마감일을 넘기고야 말았는데 출판사가 있는 서울 한복판에서는 그게 "아직 일어나지 않은 일"일 수는 없을까? 그곳과 이곳 사이에 시차가 있다는 얘기는 들어본 적도 없지만, 이야기의 효용이란 바로 이런 데 있다. 잠깐 몹쓸 상상을 한 것만으로도 기분이 반짝 흥겨워진다는 것.

공복을 끌어안고 마감을 하는 심정은 분명 세상과 동떨어진 계절에 존재한다. 8시 41분, 오늘은 성공!

차나 마시고 있을 때가 아니지만

차

염승숙

필립 로스를 바보 멍청이라고 원망하다니, 제정신인가! (언제 어디서든 응급실 의사처럼 소설을 쓸 수 있어야 한다니, 순간 울컥해서… 죄송합니다.) 하지만 때때로 투정 부리고도 싶어지는 것이다. 소설가는 작품을 공들여 완성하고 나면 아무것도 쓰이지 않은 빈 종이와 다시 마주한다. 모니터 앞에서, 깜박이는 커서만이 독려하듯 기다려주는 시간을 견딘다. 견뎌내야 한다, 라고도 말할 수 있다. 이건 누군가에게는 희열일 수도 있지만, 나는 대체로 두려운 마음이 앞서는 편이다. 수없이 거듭해도, 소설 쓰기라는 건 기본적으로 능숙해지지는 않는 것임을 (소설을 써오는 와중에!) 깨달았기 때문인데, 이건 익숙해지는 것과는 다른 차원이다.

사전적으로, '익숙하다'는 '어떤 일을 여러 번 하여 서투르지 않은 상태'를 말한다. 소설가는 그저 소설 쓰는 과정을 반복적으로 수행해서 결과물을 내는데, 완성도나 만족도와는 별개로, 익숙해진다는 건 '웬만큼 할 수 있는' 정도를 뜻한다. 다만 소설을 쓰는 게 익숙한 사람이 소설가다, 나는 그렇게 생각하고 있다. 그 어떤 작가도 작품을 완성하고 난 뒤에

"기가 막힌 걸 썼어! 나는 천재야!"라고 흥분하거나 오열하진 않는 것이다. 오히려 소설가는 일상적인 자기 의심과 패배감에 자주 시달리면서도, 대체로는 묵묵히, 쓰는 사람으로 돌아간다. 능숙해지지 않더라도, 훌륭해지지 않는다고 하더라도. (〈생활의 달인〉에 출연할 수 없는 직업군이라고 하더라도….) 책상 앞에 앉는다. 잠잠히, 커서의 움직임을 바라본다. 익숙함을 잊어버리지 않기 위해서.

　왜냐하면 소설을 써온 사람이라면, 소설을 잠시 쓰지 않았을 때 혹은 소설을 쓰지 않는 시간이 길어졌을 때, 다시 소설을 쓸 수 있는 위치로 돌아오기가 얼마나 힘이 드는지를 알기 때문이다. 소설가란 소설을 호기심으로 언젠가 한 번쯤 써본 사람을 말하는 게 아니다. 지금, 계속, 쓰고 있는 사람을 말한다. 무라카미 하루키가 『직업으로서의 소설가』를 통해서, 소설이라는 장르는 '프로레슬링' 같아서 링에 오르기는 쉬워도 거기서 오래 버티는 건 쉽지 않다고 말했는데 그건 아마도 그런 의미였을 것이다.

　소설가는 시간과 체력의 영속성을 믿지 않고, 시대사회와 불화하고, 더불어 스스로를 불신하면서도, 그 어떤 말도 보태지 않고 냉연히, 책상 앞에 앉는다. 단어와 문장을 점검하며 백지를 채워나간다. 써야 한다고 여기고 쓰는 사람만이 마침내 쓸 수 있는 것이니까. 그러나 엄혹한 시간인 것만은 분명하다.

앞서 사과했던 필립 로스에게 돌아가자면(그를 원망만 할 수도 없는 것이죠…. 흠.), 그도 마찬가지로 소설가는 언제 어디서든 소설 쓸 태세를 갖추어야 한다고 말하면서도 소설가의 삶이 불확실성으로 가득 차 있다는 것을 잘 알고 있었다. 지속적인 의심이 어떤 식으로든 사라지지 않으므로 글쓰기는 끔찍한 악몽과 같으며, 실제로 모든 작가에게 필요한 재능이 있다면 그것은 거의 변하지 않는 일을 하며 조용히 앉아 있는 능력이라고.

중요한 건 이거다. 소설을 쓰며 살아간다는 건 어쩌면 남들보다는 분명히 좀 더 오래, 조용히 앉아 있어야 하는 것. 나 홀로 집중하고, 깊이 몰두하는 시간을 필연적으로 가져야만 하는 직업적 특수성이 소설가에게 있다.

조용히 혼자 '잘' 앉아 있기 위해서는 무엇보다

마실 것이 필요하다. 인간은 태생부터 고독한 동물이 틀림없지만, 공허를 견디는 것엔 수련이 필요한 법이니까. 차거나 뜨거운, 마실 것이 담긴 잔을 손에 쥐는 행위만으로도 우리는 위로받을 수 있다. 차를 마시는 건, 그래서 소설을 쓰는 과정과도 비슷하다. 차를 고르고, 다구(茶具)를 꺼내고, 차를 우리고, 마시는 모든 단계가 '구상-예열-집필-완성'이라는 소설 쓰기의 상황과 닮아 있는 것이다.

아침에 잠에서 깨어나 일어나면 뭔가 먹는다는 생각은 좀처럼 할 수가 없는데 아이와의 충전으로 50%쯤 돌아온 정신 사이에서 나는 몹시, 목이 마르다. 마시고 싶어지고, 마셔야 한다는 조바심에 시달린다. 물 한 컵만으로는 절대적으로 부족하다. 아이에게 먹을 것을 챙겨주고도 나는 전혀 먹지 않지만, 다른 의미로 바쁘게 움직인다. 차를 마시기 위해서다. 차를 마셔야 정신적인 에너지가 90%에 가까워질 수 있다.

아침에 일어나 차를 마시는 건 내게 생장(生長)의 의미다. 성장(成長)은 점점 커진다는 뜻이니까 성년 이후의 삶에는 어쩐지 머쓱하게 느껴지지만, 생장은 다르다. 한 해씩 시간을 사용하고 나이를 먹으면서도 생장하기 위한 의식적 태도가 필요하다고 믿는다. '나고 자람'을 지속하기 위한 앎과 배움의 여정이 저마다의 삶 속에 있고, 그 하루를 시작하기 위해 쾌적의 몸 상태를 만든다고 한다면 차는 필수적이다.

그중에서도 나는 보이차를 가장 좋아한다.

내 기준에 차는 오래, 그리고 많이 마실 수 있는 것이어야 한다. 녹차나 백차는 몸이 차가워지는 성질이라 괴롭고, 무이암차나 대만우롱차는 어째선지 마실수록 지나치게 마음이 가라앉아 힘들고, 홍차나 커피는 카페인에 약한 내겐 '1일 1잔'이 최대치라서 항상 아쉽다. 보이차는 카페인이 미미하달 정도로 적어서 물 대용으로 마실 수 있고, 마시면 허리부터 아랫배까지 따뜻하게 데워진다는 점이 매력적이다. 많은 양을 마셔도 위장이 편해서 좀 더 오래, 조용히 집중해서 앉아 있을 수 있게 해준다. 소설 쓰는 사람에게 이보다 더 좋은 차가 있을까 싶다.

그래서, 아침에 일어나면 아이에게 먹을 것을 챙겨주고, 나는 주방에서 물부터 끓인다. 혼자일 때는 가스레인지 위에 주전자를 올렸지만 역시 가장 편리한 건 전기포트. 물이 끓는 동안, 어떤 차를 마실지 고르고, 찻잎을 적당히 꺼내 무게를 달고, 다구를 이용해 차를 우린다.

다구는 차를 마시는 데 이용하는 기물이라서 헤아릴 수 없이 방대한 세계가 있다. 보이차도 물론 '자사차호'라는, 돌로 만든 찻주전자를 사용하면 훨씬 더 깊고 고요한 음용의 과정을 즐길 수 있다. 차와 차호의 종류를 바꿔가며 수차례 뜨거운 물을 부어 찻잎을 달게 우려낼 수도 있는 것이다.

하지만 마감을 앞둔 소설가에게 그것은 사치 중의 사치…. 더욱이, 마감에 늦은 상태라면 겸허하게… 양심을 챙겨야 한다. 차를 매일 마시기 위해서는 쉽고 편리한 도구가 제일이므로, 그래서 꺼내 드는 건, 언제나, 표일배.

표일배는 간단히 차를 우려 마실 수 있는 도구로, 거름망이 달려 있어서 편하다. 찻잎에 뜨거운 물을 부어서 차가 우러나면 버튼을 눌러, 차를 내려 마시는 방식이다. 가격이 저렴해서 부담이 없고, 빠르게 차를 만들 때 유용하다. 용량도 다양해서 혼자일 때도 혼자가 아닐 때도 사용하기 좋은 편. 모양은 제각각인데 몇 개를 깨뜨리고 다시 구매해도 여전히, 주둥이가 긴 호를 그리며 튀어나와 있는 걸 고른다. 차를 잔에 따라낼 때 그게 좀 더 보기에 균형 잡혀 있고, 아름답다는 생각이 든다.

나부낄 표(飄), 편안할 일(逸), 잔 배(杯). 바람 풍(風) 자가 들어가 있으니 '나부끼다'의 뜻이 가장 먼저 나오지만 이 기물에 쓰인 '표'는 '빠르다'의 뜻이 우선인 듯 보인다. 빠르고, 편안하게, 한잔 마실 수 있게 해주는 그릇일 테다. 표일배만 있다면 잔은 머그컵이든 뭐든 상관없어진다.

마감을 앞둔 오전에도, 마감이 임박한 날에도, 그래서 내내 마신다. 마시며 쓴다. 쓴 문장을 읽고 또 고쳐 쓰고, 장면을 이리저리 옮겨 배치하거나 사건의 세부사항을 조율하느라 진 빠지는 마감이 예정된 오전에도, 나는 눈을 뜨면 보이차를 마신다.

더 바쁘고 심각한 날에는 표일배도 사용하지 않

는다. 마감에 너무 늦어서 표일배를 꺼낼 여력조차 없을 때는 보온병을 사용한다. 물을 끓이고 차를 여러 번 우려내는 수고로움조차 덜어내려고. 찻잎을 다시백 안에 담는다. 2리터짜리 헬리오스 유리 보온병에 던져 넣는다. 펄펄 끓인 물을 가득 채워 차를 만든다. 이 정도만으로도 사실 더 바랄 것 없이 충만해진다.

표일배는 그러니까 차호와 보온병 사이, 여유로움과 초조함 사이에서 나의 '갈급'을 해결해주는 '애정템'인 셈!

한 잔, 두 잔, 마시다 보면 50%였던 배터리 잔량이 또 빠르게 채워진다. 70%, 90% 가파르게 솟는다. 단지 차를 마시는 것만으로 기운이 좀 나고 정신이 또렷해지면서, 노트북의 전원을 켤 수 있는 힘이 솟아난다. 그리고 그때에야 내가 어제 무엇을 썼는지, 어디까지 썼는지도 기억이 난다. "이런…. 차나 마시고 있을 때가 아니야!"라고 소리 지르며 머리칼을 쥐어뜯고 싶어진다.

그러나 마감은 매번 나를 시험에 들게 하고, 나

는 이런 시험에 이제는 제법 오래, 대응해왔다. 나는
"캄 다운…. 싯 다운…." 중얼거리며 노트북을 연다.
언제나 이미(!) 도착해 있는 메일을 들여다본다. 마
감이 며칠 남았다는 친절한 편집자의 알림이라면 좋
겠지만 대부분은 '마감이 지났는데 원고는 언제….'
정도의, 분노를 삭인 연락이라는 걸 안다. '죄송해
요, 저는 틀려먹었어요….'라고 답장하고 싶지만 가
까스로 제어한다. "죄송합니다, 내일까지는 꼭 보내
드릴게요, 하루만 더…. 출근하시면 볼 수 있도록 제
가 최대한 빨리…." 구구절절 변명한다. 편집자분들
은 정말 초인적인 인내심을 발휘하고 계시겠지….
알고 있습니다. 흑.

　절망하고 있을 수만도 없으니 다시 원고 파일
을 연다. '네, 저예요…. 아직 이 모양이에요….'라고
소설이 말하고 있는 것 같다. 한숨이 절로 나오지만,
그 와중에도 계속 마신다. 뜨거운 보이차를 마시고,
마시고, 계속 마셔서 속에 담는다.

　예열.

보통 소설가들이 소설을 쓰기 전에(보다 직접적으로는 소설이 '써지기' 전에) 자기만의 방식으로 소설을 쓸 몸과 마음을 정비하는데 그걸 '예열'이라고 부른다. 청소를 한다거나 음악을 튼다거나 카페로 향한다거나 초콜릿이나 음료 등을 책상 위에 배열한다거나, 아마도 각양각색일 것이다.

동료 작가 J는 집에서 도보로 20분이 걸리는 곳에 작업실을 구해놓고 짬이 날 때마다 가서 소설을 쓰는데, 자주, 이렇게 탄식한다. "애들 학교랑 유치원 보내놓고 딱 두 시간의 여유가 생기는데 아무것도 못해! 왕복 40분인데 예열하다가 시간 다 간다고!"

보이차를 우려서 오래 마신다. 많이 마시고 몸을 데운다. 이건 나의 예열. 조용히, 오래 앉아 있기 위해서, 허리를 바로 펴기 위해서… 부디 오늘은, 마감하기 위해서. 어서 예열하고, 다시 소설을 써야 한다.

우리의 쇼윈도 관계

차

윤고은

원고 마감일의 시제에 대해 생각한다. 마감일이란 원고 청탁을 받을 때는 언제나 충분한 '미래형'이었다. 내가 그 원고와 어떤 관계를 맺을지 아직 알수 없을 때, 그러니까 아무 상관 없는 행인처럼 지나갈 수도 있을 때, 그때는 제안받은 지면이 어쩐지 근사해서 놓치고 싶지 않다. 마감일도 머나먼 미래처럼 느껴진다. 그 원고 청탁을 수락하고 마감일을 탁상달력 위에 표시한다. 그때의 나는 알뜰살뜰 부지런한 욕심쟁이처럼 느껴져서 꽤 마음에 든다.

그렇게 수락한 원고가 조금씩 나를 향해 다가온다. 하루, 또 하루. 마감일이 다가온다는 걸 알고 있다고 해서 마감일 즈음의 풍경이 언제나 예측 가능한 건 아니다. 분명히 '미래형'이었던 원고 마감일은 내 입장에서는 좀 '사기 치는' 느낌으로 다가와 '현재형'이 되어버린다. 우리가 바로 오늘 만나기로 했음을 강조하면서 말이다. 그리고 내게 당황할 틈도 변명할 틈도 주지 않은 채 순식간에 '과거형'이 되어버린다.

지금까지 놀랍게도 마감일이 미래형인 채로 원고가 완성되는 경험을 해본 적이 거의 없다. 물론 어딘가 이런 작가들이 있을 것이다. 우리가 알 만한 훌륭한 작가들이 성실하고 준비성 있게 그 일을 해내고 있을 것이다. 마감일이 오늘로 닥쳐오기도 전에 원고를 완성하는 일.

그러나 여기 있는 나는 메일마다 "늦어서 죄송합니다."를 붙이고 있다. 마감일이 눈앞에서 문을 닫고 과거형으로 신나게 흘러가면, 이제 그와 나는 동등한 관계가 아닌 것이다. 나는 해당 지면의 편집자에게 원고가 늦어져 미안하다고 사과를 하고 며칠이라도 더 벌어보려 애쓴다. 이미 과거로 달아나버린 마감일에게는 "넌 어차피 진짜가 아니었다, 아무 영향력이 없다!"고 우기고 싶은 심정이 된다.

물론 마감일을 홀랑 잊었던 건 아니고 늘 인식은 하고 있었는데도, 그것이 미래형이었다가 현재형이었다가 순식간에 과거형이 되어버리는 것을 속수무책으로 바라볼 뿐이다. 나는 늘 뭔가를 쓰고 있었으므로 내 입장에서는 거의 '마감을 당하는' 느낌인 것이다. 이런 채로 15년이 흘렀고 내게는 마감에 얽힌 여러 에피소드가 생겨났다. 에피소드라고 부르며 거리두기를 하고 싶은 심정!

'마감을 당하는' 작가의 책상 위에는 무엇이 있을까. 작가마다 제각각이겠지만 노트북 작업을 한다면 내게는 마우스가 필수다. 마우스가 없다면 검지 끝으로 터치패드를 문질러야 하는데 그러다 지문이 닳아버리면 어쩌나 걱정되기 때문이다. 무게감이 확실히 느껴지는 두툼한 컵도 필수, 주로 머그 형태를 선호한다. 그것을 묵직한 도끼처럼 들어 올릴 때 내 안에 벌목, 사냥, 전투와 같은 단어들이 잠시 떠올랐다가 가라앉는다.

컵은 노트북이나 인쇄물로부터 약간은 거리를 두고 내려놓는데, 바로 옆에 두었다가 키보드 위에 엎지르면 어쩌나 걱정되기 때문이다. 지금까지 한 번도 그런 적이 없었음에도 불구하고 종종 컵 안의 검은 바다가 높이 솟구치는 상상을 한다. 마치 쓰나미처럼. 갑작스러운 파도가 방파제를 넘어 저 아래 움직이는 활자들을 덮치는 장면을 그려보면 컵과 내 움직임 사이에 거리두기를 할 수밖에 없다. 책상 위는 언제나 사건 현장으로, 낭만이라고는 자라날 틈이 없다.

검은 바다의 정체는 대부분 따뜻한 블랙커피.

늦은 오후에는 디카페인을 선택하면 되니까 커피만으로 책상 위는 충분히 흘러갈 수 있다. 사실상 다른 연료는 그다지 필요하지 않다. 커피 관련 장비가 부엌 한쪽을 은근히 차지하고 있고, 원두가 떨어지면 마치 쌀이 떨어진 사람처럼 얼른 채워놓지 못해 안달이 나는데, 그에 비하면 늘 흔들림 없이 고요한 세계도 있다. 틴케이스, 티백, 한지 등 다양한 방식으로 포장된 차 코너다. 우리 집의 차 코너는 대부분 선물 받은 것으로 채워진다. 은근히 차 선물을 많이 받는다. 나도 차 선물을 많이 하게 되고. 그런데 고백하자면 우리 집에서 차는 언제나 2인자다.

내가 차를 마신다는 건 몇 가지 사실을 전제로 한다. 이미 하루 치 카페인 복용량을 다 채운 상태이며, 그럼에도 무언가 마셔야 하는 것으로 보아 누군가와 이야기를 나누는 중이라는 것. 내게 있어서 차란 홀로 마주하는 것이 아니라 언제나 대면용 단어, 두 사람 이상 모여야만 가능한 세계다. 그곳엔 낭만이 있다.

〈Tea For Two〉의 노랫말 같은 그 세계에는 정갈한 테이블보가 깔려 있고 3단 트레이와 사랑스러운 색감의 홍찻잔이 꽃잎처럼 흩뿌려져 있다. 홍차를 좋아하느냐고? 아니, 잔만! 홍찻잔이 커피잔보다 더 예뻐 보이기 때문에 선택한 것뿐, 그 안에 들어 있는 것이 꼭 홍차라는 보장은 없다. 찻잔 내부에도 장식적 요소가 있으니 그걸 살리기 위해서는 커피보다 차의 색감이 더 어울리긴 하겠지만. 책상 앞에서 머그를 도끼처럼 들어 올릴 때와는 다르게 홍찻잔을 잡으려면 손 모양도 아름답게 구부려야 한다. 아무래도 나와 차의 관계는… 쇼윈도인 것 같다.

이건 다 '홍차 점조직'의 영향이다. 그들은 수많은 문학작품 속에서 점조직 형태로 활동한다. 활동의 목적은 독자들의 무의식 속에 홍차가 스며들게 하는 것. 이를테면 마르셀 프루스트의 『잃어버린 시간을 찾아서』의 어느 티타임에는 이런 대화가 등장하는데 어쩐지 잊히지가 않는 것이다. "레몬 아니면 크림?"이라고 묻고 "크림."이라는 답이 돌아오면 다시 "구름 한 점만큼!"이라고 말하는 페이지. 그렇게 매혹적인 풍경마다 홍차가 있다. 홍차는 이렇게 이미지를 (내게) 팔고 나는 홍차 맛을 좋아하지도 않으면서 홍차스러운 무언가를 동경하게 되었다.

　　홍차 점조직은 차와 곁들일 만한 음식들을 나열하면서 교묘하게 영업한다. 거기에 홀리기 시작한 건 최근 일이 아니다. 아마도 열 살이 되기 전에 읽었던 루이자 메이 올컷의『작은 아씨들』이 맨 처음이었을 것 같은데, 막내 에이미를 통해 '머핀'이라는 단어를 처음 알게 되었을 때의 호기심이 지금도 생생하다. 그것이 루시 모드 몽고메리의『빨강머리 앤』으로 넘어가면 조금 더 잔인해지는데 앤이 표현의 달인이기 때문이다. 앤과 다이애나의 티타임에 등장한 라즈베리 코디얼(혼동으로 인해 술을 마시게 되었지만)이라든지 버찌파이, 레이어케이크 같은 것에 침이 고인 나는 거의 20년을 집착하다가 어느 여름 그 소설의 배경이었던 프린스 에드워드 섬으로 떠나기도 했다.

　　물론 문학작품 속 홍차가 늘 우아한 티타임에만 등장하는 것은 아니다. 조지 오웰의『파리와 런던의 밑바닥 생활』또한 페이지를 넘길 때마다 홍차가 등장하는 소설인데 여기 나오는 홍차는 날것 그 자체다. 홍차가 아니더라도 대안이 있을 것만 같은 화사

한 테이블이 아니라 우리에게 홍차란 무엇인가를 묻는, 보다 절박한 티타임이랄까. 이 소설 속 인물들은 홍차의 품질이나 가격에 대해 민감하게 반응하고, 최악이라고 생각하는 어느 구호소의 홍차에 대해서 "홍차가 아니라 오줌."이라는 평까지 하지만, 그들에게 홍차는 선택지 중 하나가 아니다. 주방 접시닦이로 일하는 노동의 현장에서도 그들은 홍차가 있음에 안도한다. 찻주전자를 늘 데워놓고 하루에 몇 파인트씩 홍차를 마신다. 그들에게 홍차는 거의 영혼의 진통제다.

다시 쇼윈도 관계로 돌아오면, 나는 여전히 홍찻잔과 디저트 트레이, 티타임 때만 펼치는 테이블보 같은 것을 좋아하지만 집에는 홍차가 남아돈다. 카페인 할당량은 커피가 채워야 하기 때문에 홍차에는 아무래도 손이 덜 간다. 그러나 내게도 꼭 홍차여야만 하는 순간이 있는데, 바로 우유와 함께할 때다. 밀크티는 대면용이 아니라 나만의 것이 될 때도 있고, 밀크잼은 내가 불 앞에서 시도하는 몇 가지 중하나다.

찻잎과 우유, 설탕을 넣고 주걱으로 끝없는 원을 그리는 행위는 성실한 왈츠와 같다. 내용물이 냄비 밖으로 넘치거나 바닥에 눌어붙지 않도록 저어주는 과정은 양치질할 때조차 다른 일(다른 손으로 거울을 닦는다든가, 아니면 스쿼트라도. 요즘 선호하는 건 발레의 파세 동작이다.)을 병행해야 하는 내게는 꽤 지루한 시간이다. 결국 싱크대 위에 두 세계를 펼쳐놓는다. 독서대가 등장하는 것이다. 주걱을 쥐고 잼을 저으면서 시선은 책에 둔다. 싱크대 위에는 용암처럼 솟아오르는 잼 냄비 그리고 잼과 아무 상관도 없는 책이 나란히 놓여 있고, 가끔 오른팔이 두 세계를 넘나든다. 냄비 안을 휘젓다가 책으로 넘어와 페이지를 넘기는 것. 냄비에서 내용물이 튀어 올라 책 위로 떨어질까 봐 맘 졸이는 맛도 좋고, 나름 스릴 있는 독서랄까.

밀크잼 만들 때 중요한 건 홍찻잎을 너무 많이 넣지 않기. 된장으로 오해받은 적이 좀 있다.

언제나 이 정도의 공간밖에

식탁

염승숙

앞서 '예열'이라는 말을 썼는데 이건 '의식(ri-tual)'과 같은 말이다. 나를 비롯해 동료 작가들과만 나누는 말인지는 모르겠지만, 어쨌든 글을 쓰기 전에, 부디 한 줄기 빛이라도 깃들기를 바라며 취하는, 각자만의 의식적인 행동과 준비 과정이 있는 셈이다.

통상적으로 사용하는 뜻의 '의식'이라는 단어 말고 '예열'이라는 표현을 쓰기 시작한 작가는 누구일까? 정체는 알 수 없지만 '예열'이라는 말 속에 들어 있는, 간절하고도 강렬한 힘 같은 걸 생각해보게 된다. 글쓰기라는 게 꼭, 점화했을 때 타오르는 강렬한 불꽃의 시작점 따위를 필요로 하는 거라면 몸을 미리 데워 덥히고자 하는 작가의 집필 전 예열 과정은, 애달프고 주술적이기까지 하다.

영감이 찾아오기를 기다리는 것이 아니라 영감이 찾아들도록 내면의 열기를 서서히 더해가는 일. 쓰는 동안 불꽃이 제풀에 사그라져서, 어깨에 스며드는 한기를 느끼며 멈추게 되지 않도록 스스로를 내밀하게 다스리는 일. 나의 경우 그것이 아침에 일어나 가능한 한 많은 양의 보이차를 마시는 일이다. 뜨거운 차를 많이 마셔서 등허리와 아랫배를 데우고, 머리에 좀 맑은 정신이 돌면 그제야 마감 중인 원고를 들여다볼 수 있는 여력이 생긴다고나 할까. 차를 마시고 원고를 쓰기까지, 그 모든 과정은 대체로, 식탁에서 이루어진다.

대학에 입학해 서울로 올라와 혼자 오랜 시간 지내면서, 식탁은 어디서든, 내게 다기능성 가구로 쓰였다. 고기능을 외치기엔 자취생의 원룸이나 오피스텔에 딸린 집기들이 언제나 낡고 형편없는 것이었던 데다 무엇보다 공간이 좁았던 까닭이다. 옵션으로 제공되어 몇 사람의 손을 거쳤는지도 알 수 없던 남루한 이인용 식탁들. 그 앞에 앉아 밥도 먹고, 책도 읽고, 글도 써야 했던 식탁이 젊은 시절 내가 일시적으로 소유했던 것의 전부다. 나의 재산이라면 우후죽순으로 쌓아둔 공간박스와 그 안을 가득 메운 책 더미밖에는 없었다. 그것을 이고 지고 지금껏 왔다. 어쩌면 그토록 가진 것 없이 참고 또 참고, 청춘을 인내할 수 있었을까 아득해질 정도다.

결혼하고 난 뒤에는 서재용 책상을 따로 마련해서, 더 이상 식탁에서 글을 쓰지 않아도 되었다. 그런데도 나는 어째선지 여전히, 주방의 작은 원형 식탁에서 자주 원고를 쓰거나 마무리하고 있다. 문제가 뭘까, 생각하면 사실 아주 간단해 보인다.

책상에는, 뭔가가, 너무, 많다!
산처럼 쌓여 있다, 많이!

나는 어린 시절부터 항상 청소는 열심히 하지만 '정리'를 꼼꼼히 하지 못하는 타입이었는데 이런 습관은 커서도 전혀 달라지지 않았다. 읽었거나 읽고 있거나 읽어야 하는 책들이 기준 없이 놓여 있고, 온갖 포스트잇이며 플래그, 마스킹 테이프 등의 문구류(이유를 꼬집어 말할 순 없지만 줄자도 꼭 필요해요.)와 연필과 만년필 등의 필기류와 수백 장의 A4 용지를 비롯, 몇 권의 노트와 여러 종류의 영수증, 청구서까지 책상 위를 온통 난삽하게 메우고 있다. 그 틈바구니를 헤치고 중앙에 놓여 있는 노트북 거치대와 독서대 같은 것까지 바라보노라면 이건 그냥 나의 뇌구조 단면도를 펼쳐놓은 게 아닌가 싶어서 매번 앉고 싶지 않다는 생각만… 그냥 도망치고 싶다는 결심만… 하게 되는 것이다.

'신박한 정리법'이라든가 '살림하는 지혜' 등을 거쳐 '미니멀리즘'에 이르기까지 안 읽어본 관련 책들이 없을 정도인데 실제적 실천은 너무나 어렵다는 사실만 절감한다. 가급적 날을 잡아서 한번씩 싹 정리를 한다 해도, 그건 정리라기보다는 쓸어서 버리는(!) 행위에 가까워서 언제까지나 내게 책상 정리란 요원한 것이 되고 만다.

쓸고 닦는 것엔 집착하면서 정리 정돈은 왜 잘못할까 고민하던 언젠가, 나는 토니 모리슨조차 평생 글쓰기 좋은 '거대한 탁자'를 갖고 싶어 했다는 말을 듣고 깊은 위안을 얻었던 기억이 난다. 책상 위에 남아 있는 작은 공간을 가리키며 "언제나 이 정도의 공간밖에 남지 않거든요. 이 버릇을 고치려고 하는데 안 되네요."라고 시무룩해하는 토니 모리슨이라니! 그 또한 끝내 정리되지 않는 책상 앞에서 절망을 느꼈던 것이다. 아이들이 깨어나지 않은 새벽녘에 커피 한 잔을 손에 쥐고 동이 터오는 걸 바라보면서. 그녀에게 흑인 여성 최초의 노벨문학상을 안겨준 소설 『빌러비드』를 쓰는 와중에도!

내 책상과 식탁을 나란히 두고 비교한다면 정말이지 극과 극…. 더럽지는 않아도 좀처럼 정리되지 않은 책 더미를 뒤로하고 식탁은 너무나 깔끔하게 비어 있다. 정리 정돈에 젬병인 내가 가급적 식탁에만큼은 아무것도 올려두지 않으려 애를 쓰기 때문이다. 식탁만큼은! 이건 은근하고도 절박하게 내 눈앞에 내려진 동아줄 같기도 해서 마감이 임박해오면 더 자주 식탁을 쓸고 닦는다. 그래야, 마감에 닥친 내게 꼭 필요한 것만 책상에서 쏙쏙 골라내, 식탁에 세팅할 수 있으니까.

　　거치대를 펼치고, 노트북을 올려놓는다. 마우스와 마우스 패드를 챙긴다. 초고를 완성하기 전이라면 인물과 장면을 무분별하게 메모해둔 노트가, 마감 직전에 퇴고를 거듭해야 하는 때라면 교정한 출력본이 필요하다. 이걸 다 어디에? 식탁에! 세팅을 마치면 식탁 의자를 끌어당겨 앉는다. 원고를 쓴다. 쓰면서야, 매번 깨닫는다. 책상이 이래야 하는데…!

　　돌아보면, 아이를 낳아 기르게 된 뒤로, 식탁은 어떤 '자리'로서도 내게 없어서는 안 될 공간이었다.

아이에게 끼니마다 이유식을 먹이고, '밥'이라고 부를 수 있는 방식의 식사를 챙겨주고… 유아용 과자와 사과주스로 시작해서 나란히 앉아 보이차도 마시게 되는 시간들을 무사히 통과해온, 따스하고 다정하며 유의미한 공간.

내가 식탁에 앉아 급히 키보드 자판을 두드리고 있을 때 주방 서랍을 다 뒤집어놓으며 "엄마, 이게 므야아~?" 하고 묻던 아기는 이제 조금 컸다고 조용히 제 할 것을 챙겨와 내 옆자리를 차지하기도 한다. 클레이를 조몰락거리거나, 스케치북에 그림을 그리거나, 손가락을 쥐었다 폈다 하며 1부터 10까지의 셈을 하며 제 시간을 유유히 보내기도 하는 것이다. 육아의 신비! (물론… 아이는 계속 말을 걸죠. "엄마, 이거 바바~?")

이제는 아이를 살피고 질문에 대답하면서도 써야 할 때는 쓰는 지경(경지 아닙니다, 오해 마시길!)에 이르고 있다. 어디서? 다시 말하지만 식탁에서! 이쯤 되면 작업을 위해서 딱히 고독한 환경이 필요하지는 않다던 오에 겐자부로의 말이 떠오른다. 소설을 쓰거나 읽을 때 그는 주로 거실에서 작업하는데,

그 이유는 혼자 있거나 가족에게서 떨어져 있을 필요를 느끼지 못해서라는 것.

그는 거실, 나는 주방이지만 결국은 고개를 끄덕거리게 되고 만다. 인간은 시간에 쫓기는 유한한 존재이고, 그러니 드럼통 안에 갇힌 듯 허둥대는 찰나에도 홀로 고독한 '쉼'을 가져야 한다고 믿는 나는 그 말에 동조하지 못했었는데, 아이와 함께하는 삶을 택하고 나서야 그 말을 이해할 수 있게 되었다. 혼자가 아닌 삶, 아이와 '함께' 지내기로 약속된 인생을 선택(그렇습니다, 선택의 문제입니다.)했다면, 나와 다른 존재들과 생활의 영역을 분리하려는 시도는 이미 어불성설인 것이다.

그래서 나는 식탁에 앉는다.
먹고, 쓴다.
먹기도 하고, 쓰기도 하는 장소다.

인간은 불완전하고, 소설 또한 그렇다. 그 사실을 잊거나 소홀히 하지 않으려 한다. 누구나 '완생'을 꿈꾸듯 소설가도 완전한 원고를 목표로 고치고 또 고쳐나가는 것이다. 나아간다고, 나아갈 수 있다고, 소설을 쓸 때만큼은 그래서 미래를 기약하고 싶은 심정이 된다.

천사들의 식탁

식탁

윤고은

나는 이런 말에 약하다. 무항생제, 유기농, 노버터, 무설탕, 슈퍼푸드, 홈메이드…. 물론 그런 방향성을 좋아할 뿐 철저히 지키며 사는 건 아니다. 내 식탁은 모순투성이다. 노버터 수프에 열광하고서 빵 사이에 버터를 두툼하게 끼워 먹고, 질 좋은 올리브오일이니 들기름이니 따지고는 라면과 떡볶이를 못 끊는다. 소위 말하는 슈퍼푸드로 아침을 시작하지만 저녁이 되면 정크푸드에 홀리고, 야식을 경계하는 편이나 안주에 대해서는 관대하다. 그러니까 밤 9시의 김치전에 흔들리지는 않지만 그 김치전에 술을 곁들이면 기꺼이 마중을 나갈 태세로 젓가락을 야무지게 쥐는 것이다.

'홈메이드'도 마찬가지다. 그 말을 좋아하지만 보다 정확히 말하면 내 삶에 들여놓은 것은 홈메이드를 사 먹거나 얻어먹는 것이다. 그것 외에 다른 선택지는 없느냐고? 물론 직접 해 먹을 때도 있긴 하나 그럴 때의 메뉴는 지극히 한정적일뿐더러 앞선 두 세계의 지분이 훨씬 커서 먼저 얘기해야 한다.

나와 남편 L은 어디 가서 뭘 먹을까를 의논하고 실행하는 것, 또 방문하고 싶은 식당의 목록을 늘려나가는 것을 즐기는 사람들이다. 활동 반경도 넓은 편이다. 우리 집은 경기도에 있지만 강원도, 경상도, 전라도의 식당을 목적지로 찍고 훌쩍 이동하기도 하니까. 정성 어린 내공이 느껴지는 집을 발견했을 때의 포만감이란!

우리의 단골 식당 목록 속에 한때는 '직접 담근' '농사 지은'과 같은 수식이 많이 붙어 있던 한식 뷔페도 있었다. 몇 년 전 기준으로 이용 가격이 5,000원 정도였는데 10회권을 한꺼번에 사면 1회권을 덤으로 준다기에 10회권 묶음을 두 번이나 샀다. 주로 근처 직장인들이 홀로 혹은 단체로 오던 그곳에 모두 스물두 번을 간 후, 다음에는 근처 기업체에 붙어 있는 '집밥'집으로도 다녔다. 참 효율적인 시스템 아닌가 감탄하면서 말이다. 물론 끼니마다 한상차림을 누려야 하는 것은 아니지만 아무리 간소화해도 한식 밥상을 차리는 데는 너무 많은 에너지가 필요하지 않은가? 나는 요리 근육이 꽝이다. 집에서 밥을 지어 먹는 행위를 거의 하지 못하고 있다.

우리 집에도 밥솥이 있다. 있긴 있는데 사용량

이 너무 적었다. 기본적으로 내가 밥보다는 다른 것을 좋아하기 때문인데 나중에는 먼지 쌓이는 게 싫어서 아예 싱크대 깊숙이 넣어두었다. 필요할 때 꺼내서 사용하면 된다고 생각했던 게 4년 전이다. 그 이후 밥솥은 줄곧 보이지 않는 곳에 있다. 어둠 속에서 밥솥을 끌어내 뚜껑을 열면 그 안에서 몇 년 묵은 요정이 나올지도 모른다.

밥솥이 무대에서 사라진 뒤 당연히 쌀도 사라졌고, 간장이니 고추장이니 고춧가루니 하는 것도 사라졌다. 요리를 거의 하지 않으니 양념류는 유통기한이 다 찰 때까지 절반도 쓰지 못하고 버리는 일이 태반이었고, 결국 나는 모든 걸 사지 않기로 했다. 이런 결정을 내린 건 몇 년 전이었더라? 이런 우리 집에 들깻가루와 후추, 들기름이 있다는 게 내가 봐도 좀 어색한데 고백하자면 들깻가루와 들기름을 너무 좋아한다. 그것은 완성 요리에도 얼마든지 뿌릴 수 있으니까. 완성 요리는 어디서 오냐고? 믿는 구석이 있다.

L이 주유소에서 사은품으로 받은 작은 쌀 한 봉지, 어느 지자체에서 내가 받은 된장과 고추장 세트,

선물 받은 천연 조미료 세트나 멸치 세트, 지인이 수확했다고 보내준 배추와 무…. 이렇게 요리가 필요한 것은 모두 차로 20분 거리에 사시는 부모님 댁으로 이동된다. 최근에는 쌀 20kg 기프티콘을 받기도 했는데 아예 배송지로 부모님 댁 주소를 입력했다. 부모님 댁으로 바로 가는 것 중에는 선배 K가 부쳐주는 김치도 있다. K는 매년 11월 본가에 가서 어마어마한 규모의 김장을 하고는 그 귀한 김치를 내게 나눠준다. 벌써 몇 년째인지 너무 황송한 마음에 이러다 어느 날 내 집 앞에 김장 트럭이 와 있는 거 아니냐, 강제 탑승되어 몇 년 치 김장 갚아야 하는 거 아니냐, 그렇게 너스레를 떨면 K는 그럴 가능성이 있으니 긴장을 늦추지 말라고 한다. 처음에 K의 김치는 내 집 주소로 왔는데, 그다음 해부터는 "엄마 주소 이거 맞지?" 하고 확인한다. 내가 엄마표 김치 통(김치를 잘라서 착착착 통에 넣어주시는)에 길들여졌다는 것을 K가 알게 됐기 때문에.

나이가 마흔을 훌쩍 넘겼고 결혼한 지도 10년이 훌쩍 넘었고, 그런 건 하나도 중요하지 않은 것 같다. 지금도 나는 식탁 위에 생선이 통째로 다 누워 있으면 그걸 슬그머니 다른 접시 뒤로 밀어서 시선을 피하던 여섯 살 시절과 똑같다. 부모님 댁에 가서 먹을 때가 많지만 그조차 틈을 못 낸다고 찡얼거리는 딸을 위해 두 분은 직접 배달을 하시기도 한다. 아빠가 재료 손질하고 엄마가 요리하고 다시 아빠가 집 앞까지 배달해주는 이 시스템은, 날로 더 정교해져서 가끔은 그 포장을 보며 이건 팔아도 되겠다 생각할 정도다.

여하튼 이 은혜로움 속에서 나는 효율이니 뭐니 하면서 밀키트에 적힌 "소고기 핏물을 제거하라."만 보고도 낡였다고 생각하는 사람이 되어버렸다. 운전도 못해, 요리도 못해, 영어도 못해, 노래도 못해, 달리기도 못해⋯. 아, 나 왜 이렇게 기능이 없지! 이런 말을 했더니 친구 A가 하는 말.

"옵션 다 뗀 거지 뭐. 기본에 충실한 스타일인 거지."

그래서 나의 기본이 뭐냐고 묻자 친구가 '글쓰기'라고 둘러댔는데, 아니 나의 기본이 글쓰기였다니? 나는 사랑쟁이인 줄 알았는데!

정확히 말하면 사랑쟁이는 내 주변 사람들이다. 내가 이렇게 다채로운 삶의 식탁을 꾸려나갈 수 있는 건 모두 곁에 있는 사람들 덕분이니까.

사 먹는 얘기 했고, 얻어먹는 얘기 했고, 이제 직접 해 먹는 얘기도 하고 싶은데 공교롭게도 지면이 부족하네? 시간도 부족하고. 아니 뭐 이런 일이 있을까 싶지만 어차피 세상살이는 이런 식으로 흘러간다. 우선순위가 그래서 중요하다니까.

잠시 밀키트 얘기가 나왔으니 말인데, 요즘 밀키트들이 너무 부지런해져서 나로서는 좀 피곤하다. 때로는 와, 올리브 오일까지 있네, 후추도 들어 있네, 하면서 그 세심함에 놀라지만 보통은 지쳐버린다. 밀키트는 점점 정교한 맛을 구현해내고 싶어 하고, 그러니 과정이 은근히 복잡해지고, 나는 단계가 많아지는 것을 따라갈 마음이 전혀 없는 사람이고, 그럴 바에야 직접 가서 사 먹겠다고 생각하는 결론에 이르게 되는 것이다.

그럼에도 밀키트의 세계를 가끔 열어보는 건 궁금해서다. 정말 그 맛이 날까? 한번은 무슨 파스타 레시피를 따라가다가 잠시 고민에 빠졌는데 아주 잠간 면수를 안 남겨놓아도 되나 하는 생각을 했던 것이다. 내가 직접 파스타를 만들어도 면수를 남겨두니까 그렇게 하면 되는 건데도 밀키트 레시피 어디에도 면수 얘기가 따로 없으니 물을 홀랑 다 비워냈다. 그러다 요리의 맨 마지막에 이르러서야 레시피에 코딱지처럼 붙어 있는 한 줄을 발견했다.

볶을 때 팬에 면수를 부어도 좋습니다.

아니 이게 왜 아까는 안 보였지? 줄리언 반스의 『또 이따위 레시피라니』가 떠오르지 않을 수 없는! 요리책을 백 권 넘게 보유한 소설가 줄리언 반스는 어느 날 레시피가 1, 2, 4로 이어지는 것을 발견하고 짧은 혼란에 빠진다. 사라진 3번 지침이 궁금한 그는 이게 출판사의 편집상 실수인지 아니면 어떤 다른 이유가 있는지 알기 위해 애쓰다가 급기야 그 요리책의 저자에게 전화를 거는데…. 나 역시 진술을 번복하는 듯한 사용 설명서나 요리법을 보면 짜증이 난다. 면수를 다시 언급할 거면 내가 홀랑 버려버리기 전에, 바로 그 2번 항목에 넣었어야지! 이런 바보 같은 구성이라니!

　　줄리언 반스와 나의 요리 실력은 천지 차이지만, 닮은 게 있다면 음식 간을 보지 않는다는 것. 가끔 떡볶이나 파스타를 집에서 만들 때가 있지만 왜인지 음식 간을 보는 게 싫다. 먹는 건 그렇게 좋아하면서도 식탁에 앉기 전까지는 조금도 간을 보고 싶지 않다. 그러니 어느 순간부터 내가 하는 요리란 부모님 댁에서 가져온 음식 데우기, 그리고 밀키트, 혹은 소설가 H의 표현에 따르면 '조립형 푸드' 정도다. 불을 쓰지 않는 조립식 요리. 그에 대한 얘기도 좀 해보고 싶지만 왜지? 지면이 부족하네. 다음 기회에.

파이팅… 파이팅…
펑크

염승숙

마감에 쫓기며 허방 짚는 심정으로 식탁 의자에 앉아 있는 소설가를 떠올린다면… 글쎄, 어떻게 보일까? 그의 곁에 끊임없이 조잘거리며 시선을 맞추려는 어린아이까지 매달려 있다면?

나의 경우, 사실은 아이가 없는 인생을 그려본 적이 없는 데다 아이를 기다리고 소원하는 시간마저 길었던 터라 어느 정도는 마음을 다잡는 '각오'랄까 하는 것이 있었다. 아이를 낳아 기르면 소설을 쓰지 못할 수도 있어… 그 시기가 길어질 수도 있겠고… 아이를 돌보는 일이 소설을 쓰는 것보다 우선되어야 할 거야, 그래도…와 같은, 어쩌면 아무것도 몰라서 가능했던, 야무지고 성실한 체념.

그래선지 너무나 잠을 잘 자고 좀처럼 울지 않는 유순한 아이가 태어났을 때 나는 얼마쯤 얼떨떨한 기분으로 다시 소설을 쓰는 상태로 돌아올 수 있었지만, 그렇다 해도, 아이와 함께하는 소설가의 삶이란 한마디로, 만만치가 않았다. (그저 웃지요.) 소설을 쓴다는 건 오로지 시간과 체력을 필요로 하는 일인데, 육아도 마찬가지였기 때문이다. 아이를 성장시키는 과정에도 시간과 체력이 '절대적으로' 필요하기에, 매 순간 누적되는 피로와 싸워야만 했으니까.

　아이를 먹고 놀게 하는 동안 최대한 동선을 줄여 일할 짬을 낼 수 있는 곳으로는 그래서, 아무리 생각해도 식탁만 한 공간이 없었다. 다 식은 이유식 그릇이나 부러진 색연필이 널브러진 틈바구니에서 한탄도 자조도 없이 써왔다. 소설을 쓴 것도, 아이를 낳은 것도, 다 나의 선택이었으니 말이다.

　그러나 다시 말하지만 식탁에 앉아 글을 쓴다고 해서 될 대로 되라, 정도의 심정이라는 건 아니다. 책상이든 식탁이든, 어디에서고 완성만 하면 된다! 라는 마음가짐도 아니다. 쓰는 장소가 식탁일지언정 한 편의 원고를 '끝'내기 위한 과정은 지난하고 요원하기만 하다.

　초고를 쓸 때는, 어느 정도 서툴고 매끄럽지 않은 부분이 보여도 무감하게 지나간다. 마음에 들지 않거나 좀 더 신경 써야 한다고 생각되는 문장에 체크하거나, 서사적인 흐름을 방해하지 않는 선에서 장면과 장면을 떨어뜨려놓기도 한다. 말 그대로 원고를 처음 써낼 때의 과정에서는 완성도와는 별개로, 완성 그 자체만이 중요해지는 것이다. 어떻게든 이야기를 진행시켜서 끝(장)을 본다는 느낌으로!

끝을 봤다면, 그러니까 초고가 완성되었다면, 안도감과 함께 '시작해볼까' 하는 기분이 든다. (응?) 어쨌거나 이제야 좀, 뭔가를, 제대로, 쓸 수 있겠군, 하는 기분. 마감은 초고 이후에야 온다. 초고를 완성한 뒤에야 비로소 소설가의 마감이 시작된다고도 볼 수 있는 것이다.

'쓴 사람은 난데 어째서 당신이?'라는 의아한 눈길을 쏘아대며 나는 내가 만들어낸 인물을 엉덩이 톡톡 털어 일으켜 세운다. '자, 움직이세요, 여기서 왜 이러고 있어요, 시간이 없다고요.' 기진맥진한 그를 등 떠밀어 다시 장면 속으로 집어넣는다. 불필요한 단어와 부정확한 문장을 지우고, 부자연스러운 맥락을 다듬고, 인과관계가 불분명한 장면을 손보고, 인물 행동의 논리적 필연성을 확보하기 위한 가능태를 고심하고, 도입부와 결말부의 구조적 안정성을 확보하려 애쓰고, 첫 문장을, 제목을… '좀 더, 좀 더'의 간절함으로 붙들고 매달린다.

그리고 이 과정에서 소설가는 '펑크'의 두려움

에 맞닥뜨린다. 일단 완성은 했지만 좀처럼 마음에 들지 않으니까. 마감할 수 있나, 원고를 발표할 수 있나 싶은 곤혹스러움에 휩싸여 울고 싶어지니까. 언제나 그렇다. 강의실에서 학생들에게는 이렇게 쓰는 게 맞는지, 이게 소설인지 아닌지 의심하지 말아야 한다거나 일단 쓰고 완성해낸 것으로 충분하다고 잘도(!) 떠들어대면서 정작 나는 형편없는 걸 썼다고, 이래선 안 되는 거라고 절규해버리고 만다. (마감을 끝내기 전에 작가 생활부터 끝나버릴 것 같은 뼈아픈 탄식!)

펑크는 커튼 뒤에 숨어 있는 유령 같아서, 어른거리는 그 형체가 한 번 의식이 되고 나면 도무지 눈을 뗄 수가 없다. 커튼을 젖힐 엄두는 못 내면서, 그러니까 펑크 낼 자신은 없으면서도 펑크를 반복적으로 '고려'하게 되는 악순환이 벌어진다.

그래도 이럴 때 조이스 캐럴 오츠의 말을 떠올리면 어느 정도 위안이 된다. 그는 다작으로 유명한 소설가인데도, 초고에 대해서는 이렇게 정의 내린 적이 있는 것이다. "초고 작업은 더러운 바닥에 떨어진 땅콩을 코로 밀어내는 것과 같다."라고.

마감이란 결국 다시 쓰고 고쳐 쓰면서, 자기 작품에 확신을 갖는 과정인지도 모르겠다. 그러므로 마감을 '끝'낸다는 건 완성된 초고를 몇 번이고 가다듬고 매만지는 행위이고, 아이러니하게도 그를 통해 거짓 없는 아름다움과 직면하려는 태세와 같다고도 생각해본다. 소설가는 자신이 주시하는 모든 가능세계에서 변하지 않고 일어나는 양상에 대해 쓰려고 하는 동시에, (나에게) 보이지 않는 불합리와 (남들이) 보려고 하지 않는 불편에 대해서도 핍진하게 쓰고자 욕망하기에 그렇다. 소설은 허구이지만 소설가의 경험적 진실과 진정성 있는 사유가 녹아 있는 가상의 실재이기에 또한 그렇고.

대학에 들어와 소설을 처음 배우기 시작했을 때, 강의실에서 선생님께 얻은 가장 큰 가르침을 여전히 명심하고 있다. 소설은 현실의 거울이자 시대사회의 산물이므로, 소설가는 보다 '큰' 것에 대해 말하지 않으면 안 된다던 말씀. 나는 소설을 써오는 내내 그것을 잊지 않으려 했기 때문에 다만 나 자신만이 통렬히 궁금하던 이십대를 지나 세계의 외부로도 지극한 관심을 기울일 줄 아는 사람이 되었다고 생각한다. 과거의 나로부터 달라질 수 있었던 건 분명, 소설을 썼기 때문이다. 이야기를 통해서 '우리' 안의 어떤 구조적 질서를 파악하고, 개인의 좌절과 희망은 어디서 구할 수 있는지 고민해온 것이니까. 장편소설 『어떤 나라는 너무 크다』와 『여기에 없도록 하자』는 그런 분투의 결과물이지만….

그러나 고백하자면, 나는 점점 지쳤던 듯하다. 내가 보는 건 이 세계의 단면일 뿐이지 전부가 아니라는 실체 없는 한계와 마주했다거나, 아무도 읽지 않고 또 관심 갖지 않는 작품을 쓰고 있다는 철없는 비탄에 사로잡혔는지도 모를 일이다. 나는 2019년 여름에 네 번째 소설집 『세계는 읽을 수 없이 아름다워』를 출간한 뒤 오랜 기간 소설을 쓸 수 없었다. 평론을 쓰며 일은 계속했는데도 소설은 한 글자도 쓰지 못했다. 단순히 초고를 완성하지 못하는 수준이 아니라, 아예, 전혀, 첫 문장조차 시작하지 못하는 시기가 이어졌다. 그것이 작가가 글을 쓰려고 할수록 글이 막히는 일종의 슬럼프, '작가의 벽(writer's block)'이었다는 사실은 나중에야 알았다.

2020년 여름이 오고 다시 2021년 여름이 돌아오기 직전까지, 그때에 나는 내가 더 이상 소설을 쓸 수 없을지도 모른다는 서글픈 낙심에 강렬히 사로잡혀 있었다. 동시에 펑크의 공포에도! 당장 그해 가을과 겨울, 계간지와 격월간지 등에 실릴 단편들을 써야 했는데 어떻게 해야 할지 갈피를 못 잡고 있는 터였다. 마감일에 가까워서 펑크를 내는 건 도리가 아니니 지금이라도 못한다고 알려야겠지, 고민하면서도 어떻게든 쓰고 싶어서 괴로워했던 날들.

결론적으로 펑크를 내지 않고, 마감에 맞추게 된 소설쓰기의 동력이 있다면 아이러니하게도 다시, 아이다. 나의 아이 때문이었다. 다섯 살 여름에 접어들며 아이는 두 가지를 배우고 싶어 했는데, 하나는 한글, 다른 하나는 자전거였다. 가나다라를 지나 아에서 이까지, 자모음을 익히고 글자를 읽어나가는 것과 세발자전거의 안장 위에서 다리를 뻗어 페달을 밟아나가는 진도는 정말이지 하염없이 느렸지만… 아이가 한글과 자전거의 기초를 배우며 통과해나간 그 여름에 나 역시도 아주 기본적인 깨달음을 얻었다. 진리와도 같은!

매일 조금씩,

꾸준히,

하면,

는다.

아이가 스티커를 친구 삼아서 '꽃'과 '우산'과 '무지개'를 서툴게 읽어나가는 동안에, 나도 텅 빈 모니터 화면 속에 단어를 써나가기 시작했다. 두 해가 넘도록 한 줄도 쓰지 못했던 시간을 뒤로하고.

그리고 어느 날, 자전거를 타고 천변을 따라 느리게 나아가던 아이가 뭔가를 계속해서 중얼거리고 있다는 걸 문득 알아챘을 때, 얕은 숨소리와 함께 혼자서 수십 번 뱉어내던 그 소리가, "파이팅… 파이팅…."(실제 발음은 '하, 이, 틴'이었죠.)이었다는 걸 알게 됐을 때, 나는 어쩐지 뭉클해지고 말았다. 읽어주지 않는다고, 알아주지 않는다고 상심하면서 나는 자신감을 잃고 우울해하기만 했구나, 내가 나한테 파이팅 한 번 외쳐주지도 않고….

인간은 유약하고, 시간과 체력은 나날이 부서진다. 소소한 일상의 반복으로 신경은 분산되고 마음은 조각나지만, 그럼에도 불구하고 원고를 쓴다. 마감을 한다. 인생은 불완전한 초고와 같은 것. 고쳐쓰고, 다시 쓸 수 있다. 그 사실을 잊지 않고 '끝'을 향해 몇 번이고 나아간다. 어쩌면 그게 다다. 소설가가 사는 방식은, 그게 전부다.

지난해, 펑크 내지 않고 마감을 '무사히' 지나온 뒤로 나는 무심결에라도 소설을 써나가는 태도와 기세에 대해 유념하려고 애쓴다. 내게는 그것이 삶을 지속해나가는 힘이니까. 좀 더 큰 것에 다다르고자 인내하는 일정량의 수고로움일 테니까.

여러분도 부디 잊지 마시라. 때로는 타인의 격려에 의지하는 것보다 자신을 독려하려고 노력하는 것이, 스스로에게 더욱 애틋한 용기를 준다. 그러니 오늘도 페달을 밟아나가는 기분으로 매일, 매 순간, 파이팅… 파이팅….

제철 음식, 제철 원고

펑크

윤고은

슈톨렌에 대한 확고한 신념이 있는 건 아니지만 12월의 빵집에 가면 아무래도 슈톨렌을 사게 된다. 12월의 빵집들은 각자의 자리에서 최대한 아기자기해지는 경향이 있고, 그 동화 속에서 나는 뭐든 제철 감각을 자극하는 것을 집어 들게 되는 것이다. 그게 슈톨렌일 확률은 꽤 높다.

지난해에는 11월 말에 슈톨렌을 샀는데 빵집 주인이 그걸 포장해주면서 1년 전부터 과일을 럼주에 담가 이 슈톨렌을 준비했다는 얘기를 했다. 내가 "1년 전부터 준비하는 빵은 슈톨렌이 유일한 거죠?" 이렇게 묻자 그는 "그렇죠, 그리고 25일까지 조금씩 잘라 먹으면서 기다리고오오오 그런 빵이잖아요." 라고 했는데 그 "기다리고오오오"가 아주 길어서 두 사람 다 웃게 됐다.

크리스마스를 기다리면서 조금씩 잘라 먹는 빵. 그런데 이걸 한 달 동안 잘라 먹으려면 거의 갉아 먹어야 하는 수준이 아닐까? 우리 집 슈톨렌은 5일 만에 동이 났고, 달력이 12월로 넘어갔다.

한번은 귀갓길에 호떡을 사 먹었는데 집에 가는 내내 '슈톨렌보다 호떡이다!'라는 생각을 했다. 우리

동네 호떡은 하나에 1,500원. 종이컵에 담아준 호떡을 야금야금 먹으면서 집으로 가는데 왜 이렇게 행복해! 호떡을 매일 한 개씩 사 먹으면서 크리스마스를 맞이하는 게 조금 더 내 취향에 가깝지 않을까? 물론 모든 꾸준한 일들이 그렇듯이 귀갓길에 매일 호떡을 사 먹으려면 성실해야 하고 심지어 행운도 따라야 한다. 호떡집이 문 닫은 다음에 내가 귀가할 때도 있고, 길을 한 번 건너야 하는데 그게 귀찮아서 생략하기도 하고, 무엇보다 잊고 있었지만 나는 체지방률을 줄이고 싶으니까. 그런 이유로 겨우내 한 번밖에 못 먹었지만 겨울은 늘 호떡에 대한 부채감이 있는 계절 아닌가 한다.

이렇게 제철 음식 얘기를 하니 말인데 '제철 원고'라는 말도 가능할까? 호떡에서 원고로 넘어오고 보니, 같은 제철 얘기를 하면서도 공기가 바뀌는 느낌이 난다. 이 변화를 두 글자로 요약하면 '정색'쯤 되지 않을까? 제철 감각이란 제철 음식에 적용할 때와 제철 원고에 적용할 때는 전혀 다른 기분을 불러오는 것이다. 철따라 음식을 찾아 먹을 때는 어딘가

낭만을 알뜰살뜰 챙기는 느낌이 나는데, 제철, 그러니까 마감 기한 안에 원고를 넘기는 과정은 딱히 낭만적이지도 알뜰살뜰하지도 않다. 제철 음식이 주는 삶의 풍미 같은 것은 완전히 휘발되고 남은 골조 그 자체랄까.

그 시기에 꼭 써야 했던 소설, 그 시기여서 가능했던 글, 그런 표현을 종종 쓰기도 하지만 이러한 감각이 현재형이었던 적은 없는 것 같다. 늘 시간이 지난 후 돌아보면, 아, 그 소설은 그때의 나만이 쓸 수 있었던 것이구나, 지금이라면 못 쓸 소설이었구나 하는 기분이 과거형으로 찾아오는 것이다. 그러니 원고에 제철이라는 개념을 적용할 때의 마음은 아무래도 어떤 글의 창작이나 발표나 출간 시점이라기보다는 글을 쓰는 내내 의식하는 그 제철, 바로 '마감일'로 수렴된다.

마감일은 삼중 구조로 되어 있다(고 믿는다). 일단 청탁서에 적힌 마감일, 그것은 1차적으로 외부의 침입을 막는 역할을 한다. 그런데 외부가 어디지? 여하튼 외부의 침입을 차단하는 1차 마감일. 그리고 그 마감일이 다가오기 직전 혹은 당일, 혹은 이미 지나간 후에 편집자와 조율하게 되는 2차 마감일이 있다. 이는 내부의 분열을 막는 역할을 한다. 그런데 내부가 어디지?

아무튼 삼중구조니까 마지막 한 겹의 마감에 대해 얘기해야 할 것 같은데 그것이야말로 정말 내가 인지하고 있는 마감일이다. 이렇게 얘기하다니 나도 참 간이 크다. 아마도 이 글을 읽는 수많은 편집자들이 '그래, 그럴 줄 알았다!' 하는 표정을 짓고 있지 않을까. 변명하자면 일부러 그런 건 아니다. 당연히 나는 1차와 2차 마감일을 지키기 위해 최선을 다한다. 솔직히 진심이 아닌 적은 한 번도 없었고, 편집자가 하루를 더 주면 그래도 살 만한 세상임을 재확인하고 그럴 정도다. 이 3차 마감일은 신축성이 아주 좋아서 처음에는 1차 마감일에 근접해 있고 심지어 1차 마감일보다 더 이르게 설정되어 있기도 하지만, 스타킹처럼 탄력성 있게 혹은 엿가락처럼 쭉쭉 늘어나 완전 막다른 골목의 가로등 위에 대롱대롱 걸려 있기도 하다. 그런 꼴은 나도 정말 보고 싶지 않다. 마감의 삼중구조 같은 것 확인하고 싶지도 않아. 그런데 왜 반복하는 것인가…. 그래서 오늘은 좀 일찍 쓰는 중이다. 놀랍게도 아직! 1차 마감일이 되기도 전이다. 와아, 나는 프로다!

　보통은 이쯤에서 원고를 덮어놓고 잠시 숨을 돌리다가 순식간에 2차 마감일까지도 흘려보낸 후 막다른 골목 앞에서 쪼그리고 울게 될 때가 있는데, 오늘은 그러지 않기로 한다. 프로답게 끝장을 봐야지.

　소설가의 마감식에 대해 쓰려고 마음먹었을 때부터 꼭 하나는 '펑크식'으로 채우리라 생각했다. 펑크식! 말은 띄워놨는데 정체가 모호하다. 그 음식 먹고 펑크를 잘 냈다, 하는 줄거리가 되어야 하나? 그게 그렇게 소문낼 만한 일인가? 다소 접근이 어렵지만 '펑크식'을 쓰고 싶었던 이유는 그것을 발음하고 활자로 표기할 때 오는 일종의 쾌감 때문이다. 펑크라는 말에는 아주 시원한 지압 돌기 같은 게 달린 느낌이라 발음하는 것만으로도 후련해진다. 한번 외쳐보세요, 펑크! 펑크! 활자의 생김새에도 어쩐지 저항정신이 깃든 것 같지 않은가?

　어쩌면 펑크가 금기어처럼 통하기 때문에 이렇게 열광하는 건지도 모르겠다. 작가든 편집자든 혹은 마감철, 그러니까 제철 원고의 세계에 연루된 누구든 비슷할 것 같다. 펑크에 대해 사적으로는 종종 말하면서도 정작 업무 메일이라든가 업무 관련 통화에서는 절대 언급하지 않는다. 펑크를 펑크라고 말하지 않는다. 왜냐고? 두렵기 때문이지, 진짜 그것이 올까 봐.

글쎄, 성급한 일반화일까? 솔직히 다른 작가는 어떨지 모르겠으나 내 경우엔 확실히 메일에 "펑크를 원합니다."라든가 "이번 호는 펑크입니다." "펑크를 낼 수밖에 없을 것 같습니다." 같은 문장을 써본 적은 없다. 말하면서 입 밖으로 내보낸 적은 더더욱 없다. 공식적인 메일이나 전화에서는 '펑크'라는 말을 쓰면 내게 뭔가 들러붙을 것만 같아서 더 조심하게 되는 것이다. 그래놓고 친구들에게는 "마감 못해서 지금 펑크 직전이야! 아, 펑크야. 펑크!" 오두방정을 떨어댄다.

사실 내가 펑크를 선언한다고 해서 그게 정말 펑크 처리되는지에 대해서도 의문이 있다. 오래전 펑크를 시도했다가 반려당한 적이 있었던 것이다. 아무래도 너무 임박해서, 이미 펑크를 대체할 어떤 시간도 없는 박복한 타이밍이 아니었을까 싶은데, 바로 그 타이밍에 내가 편집자에게 메일을 쓰기로 마음을 먹었던 것이다. 생애 첫 펑크에 관한 메일이었다. 마감 연장 부탁이 아니고, '펑크'란 말만 쓰지 않았을 뿐 펑크를 간절히 원하는 그런 메일을 고심하며 썼다. 그러고는 밖으로 나가 영화를 보고 왔다. 맥주도 마셨다. 밤에 다시 집으로 돌아와 메일함을 열었는데 소스라치게 놀라서 하마터면 마우스를 떨어뜨릴 뻔했다. 아니 이게 무슨 상황이지? 편집자가 며칠 기한을 더 줄 테니 어떻게든 마무리를 해 달라고 한 건데, 그런 경우의 수는 전혀 생각해보지 못했기 때문에 너무나 당황했다. 이건 펑크 반려 메일이었다. 펑크를 시도하면 무조건 되는 건 줄 알았는데 그런 게 아니었다는 사실에 어찌나 좌절했는지.

거기서 한 번 더 펑크라는 단어를 쓰지 않은 채 펑크를 원한다는 내용을 전달할 만큼의 에너지와 확신이 내게 남아 있지 않았기에 결국 계속 쓰기로 했다. 어쨌건 이틀이 더 생겼으니까. 그렇게 마음을 먹자 까먹은 오늘 하루가 너무 아까워 미칠 것 같았다. 뭔가 투자 실패한 기분. 그러나 놀랍게도 하루 동안 원고와 멀어졌더니 우리 사이의 권태기가 회복된 것인지 그 원고를 새롭게 들여다볼 마음이 생겼고 결국 원고를 발표할 수 있었다.

제철 원고가 되지 못해 파산을 선언했으나 접수가 되지 않아 다시 이틀 만에 부활한, 우여곡절을 겪은 그 원고는 지금도 내가 너무 사랑하는 소설 중 하나로 꼽힌다. 그때가 아니면 쓰지 못했을 소설이었다는 생각이 들기 때문이다. 바로 그 문학 지면이어서, 그때의 나여서, 바로 그 계절이어서, 혹은 내게 이틀을 더 주었던 그 편집자여서 탄생이 가능했던 이야기라는 생각을 하면 제철 원고라는 것이 너무나 오묘하게 느껴진다.

물론 과거형이니까 가능한 감정. 현재형 제철 원고의 압박은 무서워 죽겠다.

아무 곳에서나!

작업실

염승숙

작가로서 글을 쓰기 위한 최적의, 맞춤한 장소를 갖는다는 건 어떤 의미일까? 꽤 긴 시간 글을 써 왔으면서도 아직 가져보지 못했다는 단순한 이유로 '작업실'이라는 세 글자는 내게 미지의 단어다. 작업 공간에 관해 다양한 이력을 갖춘 작가들이 많을 텐데, 나는 하다못해 작가들에게 무료로 제공되는 레지던스 입주 경력조차 없어서….

지난 어느 계절엔가는 몇몇의 절친한 작가들로부터 똑같은 내용의 문자 메시지를 받고 웃어버린 기억도 난다. 개인 집필실을 신청받는 창작촌 입주 공고가 사이트에 게시되자마자 모두가 동시에 나를 떠올린 것이다. 그들의 다정함에 힘입어 이번에는 정말 신청해볼까 하는 의욕이 솟았지만 어째선지 또 망설이다 기한을 놓치고 말았다.

"아니 왜 신청 안 해? 소설 안 쓸 거야?" 작업실을 따로 두고 있는 동료 작가 J는 나의 게으름을 진심으로 의아해하지만, 나는 언제나 그렇듯 어물쩍 넘어가버린다. "그래, 맞아…. 소설은 써야지…. 나는 지금 죽으면 유작도 없다고…."라며 반성하면서도, 소설을 쓰기 위한 목적으로 어딘가에 정착한다고 생각하면 영 낯설어지고 만다.

　이쯤 되면 '어디서' 글을 쓰는가의 문제는 내게 별로 중요한 것이 아니지 않나, 변명부터 하고 싶어진다.

　이십대 초반부터 소설을 쓰며 살아왔으니 여러 공간을 무수히 거쳐왔다. 그것만은 틀림이 없다. 노트북을 이고 지고 다니며 학생 때는 빈 강의실이나 도서관 어느 구석 자리에 파묻혔고, 대학원에 다니면서는 학과 사무실이든 연구실이든 가리지 않았고, 홀로 지내던 오피스텔에서도 밤낮으로… 말하자면 마감에 맞춰야 하는 원고가 있다면 어디서든 쓰고, 또 어디에서나 쓸 수 있다는 생각만을 해왔던 듯하다.

　더군다나 나는 다소 정신 사나울 정도로 산만하고, 시간 개념이나 날짜 감각도 몹시 부족한 '열혈딴짓대마왕(!)'이기 때문에, 좀 우스꽝스러운 표현인지는 모르지만 뭔가 할 때마다 '각' 잡고 시-작! 이런 것을 할 수 없다. 이를테면 출발선에서 멈춰 서서 '탕' 발사되는 총소리를 기다리기도 전에 나도 모르는 새 이미 달려버리고 있는 상태랄까. 어디서 멈춰야 하는지 결승선도 알지 못하면서 그저 혼자 몰두해 궤도에 올라버리는 타입이랄까. 안타까운 건 대체로 그 질주가 소설쓰기가 아닌 경우가 허다하다는 점이지만, 이건 대체로 내가 이중고(二重苦)의 글쓰기를 해왔던 탓이 크다.

학부생 시절에 등단한 이후 나는 국문과 대학원에 진학했는데 사실 이 과정에는 어떠한 고민이나 생각도 없었다. 미리 예정돼 있었기 때문이다. 나는 꽤 단순한 면도 가지고 있어서, 국문학을 공부하고 싶지만 우선 소설을 써보고 싶으니 학부에서는 창작을, 졸업 후에는 대학원에 가서 연구자가 되자고 마음먹었던 터라 그대로 실행에 옮겼을 뿐이었다. 이건 바꿔 말하면 당시엔 너무 어려서, 소설가로서의 자각과 작품을 쓰기 위한 단단한 각오 같은 게 부족하지 않았나 싶다.

그래서 대학원에 진학한 뒤로는 학기마다 수업을 들으며 여러 편의 소논문을 완성하느라 허둥댔고, 한편으로는 공부도 너무 재미있었기 때문에, 당연히 소설가와 연구자 사이에서 소위 '모드'를 빠르게 전환시키는 훈련을 혼자 해야만 했다. 논문을 쓰기 위한 자료를 살피다가도 '정신 차리자, 이것만 보고 진짜 소설 써야 된다고….' 결심하던 자정 이후의 시간들이 기억에 많이 남아 있는 걸 보면, 그다지 생산적이진 않았던 것 같지만.

감정을 밖으로 잘 드러내는 편이 아니라서 남들이 보면 느긋하고 태평해 보일 수 있는데, 나 스스로는 조급함에 자주 시달리고 내적 긴장도가 높은 까닭에 항상 시간에 쫓기는 삶을 살고 있다. 문학비평을 본격적으로 해볼까 싶어서 비평가로 데뷔한 이후로는 다시 소설과 평론을 병행하고 있기에 책상 위에 읽을거리는 넘쳐나고, 이중고의 글쓰기는 여전히 진행형인 셈.

어쩐지 쓸데없는 소리가 길어졌는데, 한마디로 요약하면 그래서, 무언가 써야 할 때 어디서든 쓸 수밖에 없었다는 이야기다. 여러 가지를 한꺼번에 하다 보니 언제나 시간만이 화폐인 듯 절실하고, 아이를 낳아 돌보는 엄마로 살면서는 창의적 글쓰기와 비평적 글쓰기 사이에서 줄타기하며 무엇보다 '효율'을 우선시하게 되었다. 부자유에 잠식된 일상인 동시에 아이의 발달과 성장에 종속된 삶이라서 정말이지 어디서든, 장소를 가리지 않고 써야만 했던 것이다. 더욱이 마감에 늦은 상태라면, 내가 자리를 가릴 형편은 아니잖아… 그럴 자격도 없지… 침울해지려는 자신을 서둘러 다독이기까지 해야 한다는 난관에 봉착하기까지!

가급적 군중 속에 익명으로 숨어들고 싶고 그나마 뭐든 손쉽게 챙겨 먹을 수 있다는 점에서 대형 프랜차이즈 카페를 고집하던 때도 있었지만, 그러지 못한 지도 오래되었다. 두 권의 장편소설을 쓰던 때에 특히, 몇 달간 오전 7시에 똑같은 카페로 가서 커피와 샌드위치를 주문한 뒤 원고를 쓰고 오후 1시에 나오곤 했었는데, 지금은 거꾸로 내가 앉아 있는 자리를 카페로 만드는 방법을 찾는 게 빠르다. 어쩔 수 없다고 여기면서도, 솔직히 말하면 나는 이제 이 방식이 내게 잘 맞는다는 걸 인정해야 할 듯하다.

시작은 백색소음. 곰곰이 돌이켜보니 중학생이 될 무렵부터 시작되었다. 집에는 휴대용 학습기가 있었는데, 나는 별다른 의심 없이(!) 그것을 애용했다. 이어폰을 끼면 뇌에 다양한 자극 반응을 일으키는 진동이나 주파수가 흘러나오고 그것이 집중력에 도움을 준다는 취지의 기계였지만, 효과는 딱히 알 수 없었다. 그 기계엔 폭풍우에 가까운 빗줄기가 창문을 덜컹이거나 개구리가 간간이 우는 시냇가 같은 '자연의 소리'도 녹음되어 있었기 때문에 가끔은 그런 화이트 노이즈에 의지하기도 하면서 공부를 했던 것이다.

지금 그 기계는 가지고 있지 않고, 마지막에 어떻게 처분했는지도 전혀 기억에 남아 있지 않아서 아쉽다. 다만 뭔가 해야 할 때 백색소음을 들어야 하는 건 좀 습관이 되어버려서, 나는 여전히 이어폰이나 헤드폰을 껴야만 집중이 잘된다.

백색소음에 대한 집착이 심했을(!) 때는 호기심에 여러 웹사이트를 돌아다니며 유료 구매도 해보았고, 그걸 계기로 백색소음 앱 개발자를 주인공으로 등장시킨 단편 「양의 얼굴」을 쓴 적도 있다. 그리고 그 시기에 나는 가브리엘 가르시아 마르케스가 저널리스트로 일하던 시절의 일화를 알게 되었다. 직원들 모두가 집에 돌아간 밤, 그는 신문사에 홀로 남아 일하곤 했는데 그건 그가 신문을 인쇄하는 라이노 타이프 식자기의 소리 옆에서만 '제대로' 일을 할 수 있었기 때문이다. 인쇄기가 멈추면 고요 속에 남겨져 일을 할 수 없었다고. 타이프 소리가 빗소리처럼 들려서 좋아했다는 그의 이야기에 공감, 또 공감!

책을 읽을 때도, 원고를 쓸 때도, 그래서 나는 이어폰이나 헤드폰만 끼면 바로 작업실에 도달한 심정으로 일을 시작한다. 사실은 그래서 실제로 내가 어디에 있는지, 물리적인 공간은 그다지 중요하지가 않아진다. 어떤 곳이든, 작업실처럼 만들 수 있기 때문이다.

동영상 사이트에서 무엇이든 검색할 수 있는 시대를 살면서 나는 점점, 백색소음을 넘어선 다른 차원의 무언가를 원한다. 상상도 못할 곳에 다다르고 싶고, 여행 가방을 챙길 필요 없이 나의 자리를 가볍게 옮겨놓고 싶어진다. 그래서 엊그제는 도쿄, 어제는 뉴욕, 오늘은 베를린의 스타벅스에 앉아서 일한다. 어느 날엔 비가 추적추적 내리는 런던의 어느 뒷골목 작은 카페에 앉아서 책을 읽고, 어느 날엔 호그와트 마법학교의 그레이트홀에서 시험 기간인 학생들 틈바구니에 끼어 키보드를 두드리기도 한다. 무라카미 하루키 라이브러리의 '오디오 룸'에는 그가 소장한 재즈 음악도 흘러나오므로, 제법 집중하기가 좋다.

이 모든 건 내가 어디에서 일을 해도 수월히 만들 수 있는 나만의 작업실 환경이 된다. 물론, 나라별로 다른 스타벅스의 카페라테 맛을 가려볼 수 없다거나, 하루키가 키우던 치즈 고양이 '피터 캣'에서 따왔다는 시그니처 메뉴인 소다 음료 '오렌지 캣'을 마셔볼 수 없다는 건 애석하지만, 당장 눈앞에 닥친 마감의 중압감에 비한다면야 더 이상 바라는 것은 사치….

전 세계 곳곳으로 자리를 옮겨볼 심적 여유도 없이 피로하다면? 그럴 때 가장 좋아하는 건 '장작불 타오르는 소리'인데, 이젠 너무나 습관이 들어버려서 이 소리를 틀어두기만 해도 무조건반사로, '자, 일 하자, 일….' 하는 마음이 든다. 장작 태우는 소리는 머릿속에 당분을 들이부어 에너지를 타오르게 하는 '업무 양갱' 같은 느낌이라서 안정감을 준다고나 할까?

글쓰기를 하는 데 가장 좋은 장소가 있느냐는 질문에 어니스트 헤밍웨이가 했던 답변은 인상적이다. "아무 곳에서나!" 단순하고 명쾌해서 나는 은근히 기뻐하게 된다. 내가 이상한 건 아니에요…. 그래도 언젠가는 제대로 된 작업실을 만들어보고 싶은걸요. 좋아하는 차와 견과류도 잔뜩 쌓아놓고… 뭐 그런 소소한 바람도 가져보면서.

작업실 2호와 3호

작업실

윤고은

작업실 1호는 집.

작업실 2호는 카페다.

누군가를 만나기 위해 카페에 갈 때와 원고 작업을 위해 카페에 갈 때의 선택 기준은 다를 수밖에 없다. 작업실로서의 카페라면 특히 세 가지를 유념해야 한다. 첫째, 의자에 앉았을 때 테이블 상판이 너무 낮은 곳은 피하자. 둘째, 음악 취향은 생각보다 중요하니 선곡이 별로면 미련 없이 떠나자. 셋째, 채소 많이 넣은 라면을 피하자.

카페에서 웬 라면인가 할 수도 있는데 이건 나와 L이 자주 쓰는 표현으로 '과해서 오히려 본질을 흐린다'는 의미다. 가끔 분식집에서 라면을 사 먹을 때가 있는데 우리가 선호하는 건 라면 그 자체의 자극적인 맛을 살린 것으로, 달걀이나 치즈나 대파 정도는 환영이지만 양배추나 당근을 넣으면 그때부터 그것은 (우리가 원하는) 라면이 아닌 것이다.

카페도 마찬가지다. 글을 쓰러 갈 때의 카페는 굳이 예쁘지 않아도 되고, 디저트가 다양하지 않아도 된다. 인기가 많아 사람이 많이 오는 곳도 별로다. 인스타 감성 카페니 이런 곳도 피하는 게 좋다.

글쓰기를 방해하는 요소가 최대한 적은 곳을 골라야 한다. 내부 구조에 따라 다르겠지만 이왕이면 규모가 너무 작은 곳보다는 큰 곳이 좋은데, 잊히기 쉽기 때문이다. 당연히 카페 주인의 친절도 작가에게는 라면 속 채소 같은 것이다. 본질을 흐린다.

　작고 개성 있는 어느 카페에서 외투를 걸쳤다가 벗어서 의자에 걸어놓기를 두 차례 반복한 적이 있었다. 외투를 벗으면 서늘하고 걸치면 답답해서 나름 온도 조절을 한 셈인데 잠시 후 내게 작은 담요가 전달되었다. 외투는 무겁고 반팔은 서늘했던 사람에게 적절한 처방이긴 했으나, 그 섬세한 배려와 내 작업의 효율은 슬프게도 반비례했다. 나는 한 시간도 채 앉아 있지 못하고 그곳을 나왔다.

　이런 경험도 있다. 자리에 앉고 보니 음악이 나오지 않고 있었고, 손님은 나뿐이었다. 카페 주인과 나 사이의 거리는 5미터도 안 되는 것 같았지만, 나는 이 음소거 상태를 해제해 달라고 말하지 않았다. 단지 친구에게 전화가 걸려왔을 때 이렇게 말했을 뿐이다. "카페에 왔는데, 여기 너무 조용해." 내 말이 끝나자마자 서서히 음악이 깔리기 시작했다. 주인의 배려가 고마웠지만 어쩐지 조심스러워진 나는 반듯하게 앉아만 있다가 그곳을 나왔다.

모두가 그런 건 아니지만, 어떤 손님들이 카페에서 원하는 건 단역일 수도 있다. 그들은 음악이 없거나 와이파이가 안 된다고 해도 당황하지 않는데, 다만 자신이 관찰자라고 철저히 믿고 있어 그 믿음이 전복되면 허둥대기 시작한다. 생태계가 교란되었다는 듯이.

단골인 척하지 않는 단골들 사이에서 나도 가볍게 생략될 거라는 위안, 설령 카운터에서 "늘 마시던 걸로 주세요."라고 해도 아무도 못 알아들을 거라는 안도, 그런 믿음으로 카페에 간다. 오늘은 스타벅스의 창가 자리에 앉아 있다. 눈앞에 보이는 저 블라인드 손잡이를 잡아당기면 혹시 블라인드 대신 문장들이 쏟아지지 않을까 그런 상상을 잠시 한다. 문단 단위로 페이지 단위로 마구마구? 그래서 절대로 블라인드 손잡이를 돌리지 않는다. 요행을 바라는 성격이 아니기 때문이다. 내가 저 블라인드 손잡이를 슬쩍 잡고 당기기만 하면, 그러면 이야기가 와르르르

쏟아지겠지만, 그것이 분명하지만, 나는 참는다. 참기로 한다. 요행을 바라지 않기로 한다.

　작업실 3호는 호텔이다.

　호텔에서 원고 마감한 이야기는 애초에 호텔 투숙의 목적이 원고 마감이었느냐 아니냐에 따라 두 종류로 나뉠 수 있다. 어느 쪽이든 힘겹긴 마찬가지다. 호텔에서 느긋하게 글을 쓰는 작가도 어딘가엔 있겠지만, 내 경우엔 그게 아니기 때문이다.

　일단 원고 마감을 위해 호텔에 투숙한 경우에 대해 말해볼까. 단지 시간 확보를 위해 방송국 도보 5분 거리에 있는 호텔을 선택할 때가 있다. 라디오 프로그램이 끝난 후 집에 갔다가 다시 돌아오는 데 걸리는 출퇴근 네 시간, 그리고 그 과정에서 소모될 에너지까지 모두 끌어모아 그야말로 영끌마감을 해야 할 때 내리는 극약처방이다.

　호텔이 작업실이 되기 위해서 필요한 건 당연히 책상. 거창한 책상이 아니어도 된다. 두 가지만 확보되면 충분한데 하나는 화장대를 책상이라 우기지 말 것. 책상에 앉았을 때 그 앞에 거울이 있다면 그건 화장대다. 두 번째는 의자에 앉았을 때 상판의 높이가 내 배꼽보다 한참 위에 와야 한다는 것. 그래야만 책상이지, 그거 아니면 글 쓸 때 하나도 도움이 안 된다. 물론 내가 의자를 포기하고 바닥에 앉을 수 있다면 상관없겠지만.

마감 압박으로 몸이 너무 납작해져 절편이 되기 직전의 어느 날, 출퇴근 네 시간과 체력을 아끼기 위해 호텔 투숙을 감행했다. 밤을 홀랑 새우지는 않더라도 최소한으로만 잘 생각으로 말이다. 그런데! 책상이 없었고, 아주 낮은 테이블만 하나 있었다. 가장 저렴한 기본 객실이 아니었음에도(단지 여닫이창이 있다는 이유로 감수했던 추가 비용이었다.) 책상스러운 것은 거울이 달린 화장대뿐이었다. 거기서도 조금 작업을 하긴 했지만, 눈앞의 거울을 무시하면서 원고 작업을 하는 데에는 고도의 집중이 필요하다. 보기 싫어, 보기 싫다고, 나를 비추지 말라고! 궁여지책으로 내가 생각해낸 건 객실에 있던 스탠드형 다리미판. 그게 책상이 됐다.

그날 내 일정 중에는 출판사 인스타그램 라이브 방송을 통한 독자와의 만남도 있었는데, 그 호텔은 조명조차 너무 어두워서 간접 조명을 한곳으로 몰았는데도 밤이 되자 빛이 부족했다. 라이브 내내 어디에 있느냐는 질문을 많이 받았기 때문에 나는 이러저러해서 호텔에 있는데, 가장 밝은 곳이 욕실이라 그 옆에 의자를 두고 앉아 있다고 말했다. 그 말이 최대한 압축되어 라이브에 참여했던 독자 몇 분은 내가 욕실에서 라이브를 진행한 것으로 이해했다.

이제 두 번째 경우. 그럴 생각이 없었는데 호텔에서 원고 마감을 하게 된 상황에 대해 얘기할까. 여행이나 호캉스를 위해 호텔을 예약했는데 체크인 시점에 마감 원고가 함께 투숙했다는, 상당히 짜증스러운 이야기다. 불청객도 이런 불청객이 없는데, 모든 건 내가 나를 너무 믿어서 벌어지는 상황들이다. 그때쯤엔 되겠지 하면서 짧게는 2주, 길게는 1년 후에 터질 '환불불가' 여행을 지뢰처럼 매설해두는 것도 나, 그때가 되어 '아 왜 지금이야.' 부담을 느끼지만 결코 무를 수가 없어 '여행'이 아닌 '요행'을 바라며 투숙하는 것도 나. 그 둘 사이의 치명적인 계약관계에 의해 지탱되는 세계라고나 할까.

동행은 이미 잠들었고, 그에게 불빛이나 소리가 부담이 되지 않길 바라며 호텔방 한쪽에서 글을 쓴 경험이 더러 있다. 당시에는 피곤하고 괴로웠지만, 이상하게도 그 밤들은 잘 잊히지 않는다. 단편「우리의 공진」은 대지진을 겪은 도시에서 최종 마감을 했던 원고인데, 새벽 4시에 내가 깨어 있었던 건 지진이 아니라 원고 마감 때문이었지만, 행간에 한 번씩 돌들을 떠올렸다. 지진으로 이 도시의 성이 무너졌을 때 퍼즐처럼 흩어진 돌들 말이다. 십만 개가 넘는다는데, 그 십만 개의 돌들이 원래 위치를 기억할까, 그런 생각을 해봤다. 타국의 낯선 호텔, 새벽의 책상은 집중하기가 좋은 환경이라 어느 순간엔 정말 발밑이 흔들리는 것 같기도 했다.

커피, 그리고 그 커피를 마시기 위한 밑작업(?)으로서의 섭취가 전부인 시간이 지나고 아침이 되어 마침내 송고에 성공하면! 간밤의 피로는 싹 날아가고 식욕이 돋는다. 마침 호텔의 아침식사가 뷔페식이라면? 언젠가 L과 내가 각자의 접시에 아침 뷔페 음식을 담아 테이블에 마주 앉았을 때, L이 완전 신기하다는 듯이 했던 말이 떠오른다.

"리코타 치즈 봤어? 벌써 반이 줄어 있더라, 이렇게 일찍 왔는데도! 와, 사람들 진짜 부지런하다."

그것은 곧 나의 영역 표시였다. 내 접시 위에 정확히 그 반이 있었다. 잃어버린 퍼즐 조각처럼.

작업실 2호와 3호에서는 내가 보이는 특정 행동들이 있다. 청소다.

특급호텔이라고 해도 청결을 보장받는 건 아니다. 나는 개인용 전기포트를 들고 다니고, 호텔에 놓인 것은 아예 건드리지 않는다. 호텔에 놓인 컵은 헹군 후에 사용한다. 코로나 이후로는 소독제를 사용한다는 게 달라졌을 뿐, 그 이전에도 물티슈로 그렇게 테이블을 닦고 스위치나 손잡이, 세면대 수전이나 변기 물내림 버튼 같은 것을 닦았다. TV나 에어컨의 리모콘, 옷장 손잡이처럼 내 손이 닿을 수 있는 모든 동선을 일단 한번 소독한다. 아니 왜 우리 집을 내버려두고 다른 공간에 와서 청소를 하느냐고? 일종의 낯가림이다. 공공장소에서 이질감을 느끼는 것이다. 온전히 내 것이 아니라는 데서 오는 낯가림이랄까.

호텔에 대해서는 좀 관대한 L은 카페에 대해서는 나보다 더 민감하게 반응하는데, 코로나 이전부터 자리를 잡으면 테이블 위를 닦는 게 필수적이었다. L은 물티슈를 사용하거나 화장실에 비치된 손세정제를 냅킨에 적셔 와 테이블을 닦는다. 그러다 더 좋은 자리가 나면 우리는 그쪽으로 옮겨가고 또 닦아야 할 테이블이 생기지만 L에게 그건 자동적인 행위다. 그러다 보면 이런 소리도 들린다. "엄마, 저 아저씨가 닦아놨어. 고맙게도!" L이 방금 닦고 떠난 자리에 착석한 아이의 야무진 말이다.

오십 잔까지는 감히

전투식량

염승숙

막상 쓰려고 고민해보다가 남들의 사정이 정말 궁금하다는 생각! 작가의 전투식량이라니, 떨어지면 불안할 정도로 각자 쌓아두고 먹는 필수 품목들만을 모아서, 호외라도 뿌리고 싶어진다. 아니지, 꼭 작가의 것만이 아니더라도 직업 분야별로 또는 개인적으로, "이거 참 좋은데 왜 안 드세요?" 물어보기 대회라도 열고 싶어지는 것이다. 하지만 먼저 나에 관한 이야기부터 할 수밖에 없겠죠…. 평소에, 뭔가, 미리 사둔다, 나도, 물론! 쟁인다, 비축한다고 말할 수 있을까?

마감을 앞두고 있거나 아니면 마감 중인데 도무지 일이 진척이 되지 않을 때는 사실 입맛도 딱히 없고, 먹으면 체할 것 같아서 아무것도 먹고 싶지가 않다. 하지만 이제는 안다. 먹지 않고 할 수 있는 시절, 다시 말해 안 먹고도 살 수 있던 청춘은 이미 내 몸을 통과해 저 멀리 모퉁이를 돌아 지나가버렸다는 걸. 안 먹고 싶으면 안 먹을 수 있는 것도 젊은 날에만 누리는 특권이었다는 걸.

요즘은, 먹는 걸 잘 챙겨 먹어야 일도 잘할 수

있는 나이란 걸 뼈아프게 체감하고 있다. 그러니 마감 중에도 급히 끼니를 챙겨야 할 때, 뭐라도 먹긴 해야 할 때를 언제나 대비하고 유념하려고 한다. 어린아이가 있어서도 더 그렇지만 음식을 만들기 위한 식재료 검색은 너무나 일상이라서 늘 장바구니를 들여다보게 된다. 하지만 다 차치하고 '나의' 전투식량만을 고른다면 무조건 '비(非)조리' 혹은 '간단 조리'가 원칙이다. 시간과 에너지를 아껴야 하기 때문이다.

이십대 시절에 나는 자주, 아침 대용으로 고구마나 바나나 같은 걸 먹었다. 자취생이니까 김밥이나 떡을 사 먹기도 했는데 그마저도 귀찮을 때가 많아서, '알약 하나만으로 필요한 열량을 가뿐히 섭취할 수 있는 시대는 언제 오나….' 그런 따분한 간절함으로 끼니를 때웠다. 분명 고시생이 아닌데도 대학원에 입학하자 언제나 읽고 써야 하는 양이 방대했고, 시간에 쫓기기도 했던 탓이다. 결혼 이후에 다시 박사과정 수업을 듣고, 수료 후에 강의를 시작하고도 오전 수업이 있으면 '먹기 위해' 마지못해 몸을 움직였다고 해야 할까.

대충!

간단히!

먹는다는 행위를 향한 나의 신조는 서글프지만 이것뿐이었다. 찌거나 삶는 것도 아니고 레인지에 데우기만 하면 완성되는 아이스 고구마를 주문해서 냉동실에 쟁여두었고, 또 적당히 익은 바나나도 껍질만 까서 입에 넣고 우물우물하며 책가방을 집어 들었던 것이다. 아침에 뭔가 먹으면 자꾸 체해서 거의 '허기를 면하는 요기' 수준으로 선택했던 건데 결과적으로는 고구마와 바나나로 인한 오랜 위장 장애로 그것마저 그만두었다. 그리고 이제는 바뀌어야 한다고 절박하게 결심했을 때 나의 몸 상태는 예견되었듯 정말 좋지 않았다.

아이를 갖기 전에 나는 의사의 추천대로 사과와 당근과 양배추를 삶아서 갈아 먹기 시작했다. 재료를 사 와서 다듬고, 저녁에 수프처럼 끓였다가 식혀서 아침에 그것을 다시 믹서에 넣고 갈아 마시는 과정은 내 기준에 당연히 아름답지(!) 않았다. 당근을 씻고 양배추를 썰고 있노라면, 매 끼니 신속 편리함을 추구하던 나는 어디로 가고 이 난삽한 주방은 대체 무엇이란 말인가… 하는 패배감에 사무쳤다. 냄비에서 푹 익은 재료들을 국자로 퍼서 믹서에 넣고 버튼을 누르면 내부 어딘가가 덩달아서 드드드드, 갈려나가는 기분이었다. 제대로 된 쌀밥 한 그릇을 소화하기 위해서 나는 긴 시간, 인내하는 법을 다시 배웠다. 먹기 위해 준비하는 시간, 음식을 만들고 동시에 몸을 만드는 시간을 견뎠다.

지금은 야채수프를 먹지 않아도 될 정도다. 그저 아침마다 사과를 꼭 깎아 먹고, 끼니를 거르지 않으려고 애쓰고, 무엇보다 먹고 싶지 않다는 생각을 버리려고 노력한다. 아이의 눈에 엄마가 먹는 모습을 보여주라는 조언을 명심하려고 한다. 그래서 더, 찾으려고 한다. 떨어지지 않게 곁에 두고 먹을 수 있는, 그러나 차마 버릴 수 없는 비조리와 간단 조리의 원칙을 벗어나지 않는 선에서, 나를 지켜줄 식량들을! 전투적으로!

고구마와 바나나를 먹던 시절에도 집착하는 것이 있었다면 그건 견과류다. 나는 가끔, 내가 전생에 아주 추운 겨울, 도토리를 모으지 못해서 "아… 안 돼!"라는 단말마의 비명과 함께 스러져간 게으른 다람쥐가 아니었나 생각될 정도로 견과류에 대한 유난한 애착이 있다. 호두나 땅콩, 아몬드 등 대용량으로 판매하는 건 얼마나 먹어야 하는지 가늠이 안 돼서 잘 사지 않는다. 유통기한 내에 다 먹지 못하기도 하고. 대신에 시중에 판매되는 온갖 조합의 소포장 견과들을 섭렵했다고 자부할 수 있는데, 호두와 피스타치오가 많이 든 제품을 가장 선호하며, 매일 해치우고 있다. 견과류는 아침에 먹어도 위에 부담이 적어서 좋고, 시리얼이나 우유, 커피랑도 잘 어울린다. 야채수프를 매일 먹던 시기에 나는 요거트도 집에서 내내 만들어야 했는데, 지금은 그릭요거트를 구매해서 견과류를 넣고 함께 먹는다. (맛도 좋고, 여전히, 시판 제품의 그 편리함을 버릴 수가 없으니 어쩌면 좋나요!)

견과류 다음으로는 누룽지가 좋다. 밤을 거의 지새우고 새벽에야 간신히 잠들었다거나, 아침에 보이차를 많이 마셔서 유난히 허기가 진다 싶을 땐 누룽지만 한 것도 없다. 물에 끓이는 누룽지? 당연히 아니다. 봉지 안의 내용물을 그냥 꺼내서 먹을 수 있는 누룽지여야 한다. (아시죠? 비조리 원칙! 다시 말하지만 마감 임박, 시간 부족!) 현미나 병아리콩을 넣어 납작하게 누른 칩 형태의 누룽지는 달지 않고 바삭한 과자 같아서 입에 물고 타자를 치면 '마감도 못 지키고, 나는 왜 이 모양으로 생겨먹었나.' 하는 불평불만이 새어 나오는 걸 막아줘서 자체 입막음용으로도… 아니, 그게 아니라 단백질과 식이섬유가 가득하다는 누룽지의 효능을 믿고 싶어진다는 얘기입니다. 당연히, 초조함으로 입이 마르거나 심심할 새를 없애주기도 한다. '말렸다 뿐이지, 이건 밥이잖아?' 싶은 심리적인 안정감까지!

마음이 바쁠 땐 두유와 그래놀라 또는 단백질 바의 조합도 좋지만, 점심 식사용이 필요하다 싶을 때면 전자레인지용 냉동만두를 추천한다. 이건 특히나 밥 생각이 없을 때 유용해서 4개나 6개들이 소포장 만두를 꺼내 빠르게 데워 먹으면 편리하다. 곤약이나 닭가슴살로 만들어진 게 보통 고기나 김치만두보다 식감이 재밌어서 좋아하는데, 이건 지극히 개인 취향이라서…. 하지만 단맛을 그다지 선호하는 타입이 아니라면 곤약이나 닭가슴살 만두도 사실 꽤 괜찮다고 생각하…. (자신감이 떨어지네요.)

최근에는 아침에 약을 먹어야 할 일이 있어서 고민 끝에 컵수프에 도전해봤는데, 결론만 얘기하자면 의외로 나쁘지 않았다. 아이가 좋아해서 돈가스와 곁들여주는 크림수프는 냄비에 우유를 넣고 시간을 들여 끓여주지만, '나의' 컵수프는 봉지를 뜯어서 분말을 컵에 넣고 뜨거운 물만 부어주면 되었던 것이다. 분말 위에 뜨거운 물만! 이거야말로 내 기준에 허용 가능한 간단 조리 마감식! 지금까지 이런 신세계를 몰랐다니. 게다가 나는 컵라면의 물도 제대로 못 맞추는 비효율 인간인데 이 수프를 주문하니 '물 붓는 선'이 표시된 둥근 컵도 같이 도착했다. 컵수프가 컵+수프였나? 아무튼 따뜻하고 포만감도 있고 만족스러웠다.

마지막으로 아무래도 눈에 보이지 않으면 안 되는, 절대로 바닥을 보여선 안 되는 게 작가에게 있다면 그건 당연히 커피가 아닐까? 꼭 작가로만 한정할 수도 없고 나의 경우엔 보이차도 좋아하지만 어째선지 카페인이 제공하는 활동성과 고양감은 차에 비견될 것이 아닌 듯하다. 나 역시도 캡슐과 드립백, 믹스를 가리지 않고 커피가 줄어들지 않게 점검하는 습관이 있다. 내게는 평생의 동반자 '얼죽호(얼어 죽을 호기심)'가 있기 때문에 시중에 판매되는 거의 모든 브랜드의 제품들을 사서 마셔보기도 하고, 탐정이 된 기분으로 주변 카페들을 수시로 검색, 탐문하곤 한다.

그러고 보면 『고리오 영감』을 쓴 오노레 드 발자크는 하루에 자그마치 오십 잔의 커피를 마시며 열다섯 시간씩 집필했던 습관으로 유명하지 않은가! '어휴, 오십 잔까지는 감히….' 싶은 마음이 들지만, 그래도 때로는 정말이지 분발하고 싶어진다. 키보드 위에 손을 올려놓고, 뜨겁거나 차가운 온도의 검은 커피 한 잔을 앞에 두고서.

곳곳에 사건이 있다

전투식량

윤고은

작가들을 이렇게 구분해볼 수도 있을 것이다. 연재 방식을 선호하는 사람과 그렇지 않은 사람. 나는 연재를 선호하는 편인데, 일단 마감일이 규칙적인 리듬처럼 다가오는 게 좋고(마감을 견디는 것과는 다른 문제다.) 책으로 묶기 전에 고정적인 원고료를 받을 수 있어서다. 모든 작가들이 이런 이유로 연재를 선호하는 것은 아니지만, 연재가 조금 더 안정적인 창작 환경을 만든다는 걸 부인할 작가는 없을 것 같다. 나로서는 소설을 쓰는 것만으로도 이미 안전벨트 없이 전투기에 올라탄 느낌이 들기 때문에, 글을 쓰는 환경은 좀 안정적이기를 바란다. 그러나 마감일이 다가올 때의 내 모습을 보라. 안정은 어디로 갔나?

두 달에 한 번씩 다가오는 장편소설 마감일. 얼마 전엔 편집자에게 이런 말을 하는 나 자신을 발견했다.

"늦어서 죄송해요. 이번에 사건이 좀 많았거든요."

그러자 편집자가 이렇게 말했다.

"아, 그렇죠? 사건이 나올 것 같았어요."

"예? 어, 소설 속에서요? 제 삶에 사건이 많았다는 얘기였는데, 물론 소설 속에도 사건이 있죠. 있습니다!"

다른 '사건'에 대해 각자의 시각으로 이야기하는 두 사람이라니 흥미롭지 않은가. 확실히 마감은 극도의 고통과 희열을 모두 가져오는 굵직한 서사 요인인 동시에 서로 다른 욕망과 오해가 빚어내는 깨알 디테일이기도 하다.

언젠가는 자다가 이런 잠꼬대를 한 적도 있다고 한다.

"아, 네. 금방 드릴게요. 네, 네."

몹시 절박한 어조였다고 하는데, 대체 나는 누구에게, 무엇을, 왜 드린다고 한 걸까? 꿈에서 내가 어떤 상황이었는지는 모르지만, 확실한 건 꿈 밖에서 내가 아주 절박한 마감에 놓여 있었다는 것이다. 마감이면 마감이지 절박한 마감은 또 뭔가. 이렇게 마감에 대한 말들이 정교해질수록 어쩐지 부끄러워지는 기분이다.

원고를 약속된 시간에 넘기면 되는 것인데 왜

나는 이렇게 많은 디테일을 품게 된 걸까. 마감식 (食)뿐 아니라 마감학(學)이라도 연구해야 할 판이다. 그게 가능하다면, 마감학의 연구 주제에는 반드시 '병목현상'과 '유령체증'이라는 항목을 넣을 것이다. 이런 말들은 도로 위에서만 적용되는 게 아니다. 내 원고들도 소리치고 있을 것이다. "아니, 앞에서 계속 밀리니까." 혹은 "왜 막히는 거야, 대체? 앞 차는 뭘 하는 거야?"

　게다가 내가 선호하는 '연재' 방식이라는 건 일부러 톨게이트를 여러 군데 세워두는 행위나 마찬가지다. 게다가 이 톨게이트에는 이용 가능한 시간이 정해져 있다. 톨게이트를 통과하기 위해 하나둘 모여드는 차량들, 얼마나 막힐지 모르니 차 안에는 비상식량이, 비상식량이 많아야 한다.

　원고 마감을 앞둔 작가들, 그것도 완전히 발등에 불이 붙고도 한참 지난 상태의 작가들을 다음과 같이 세 부류로 나눌 수도 있을 것이다. 거의 안 먹고도 배고픔을 잊는 사람, 평소와 다를 바 없이 먹는 사람, 평소보다 훨씬 많이 먹는 사람. 이건 꼭 작가들의 원고 마감에만 적용되는 구분은 아닐 것 같다. 일, 과제, 즐거운 시절, 인간관계, 어떤 고민이나 결심… 삶은 온갖 종류의 마감으로 가득하니까. 이 상태를 어떻게든 마무리해야 하는 상황, 그것이 마감이다.

앞서 나눈 세 부류 중에서 나는 맨 끝 유형에 해당한다. 평소보다 훨씬 많이 먹는 사람, 조금 더 구체화하자면 평소에 잘 안 먹던 것까지 먹는 사람이라고 할 수 있다. 국밥이나 치킨 같은 것. 평소엔 잘 선택하지 않는 것. 지금 나는 치킨을 주문하려고 한다. 치킨은 내 삶에서 우선순위가 한참 뒤로 밀리는 메뉴였는데, 태풍급 마감이 몰아칠 때는 치킨이나 피자 같은 전통적인 배달 메뉴에 기대고 싶어지기도 한다. 그들의 긴 역사에 기대어 흐름을 좀 타고 싶달까.

그래, 전투식량은 배달 앱을 타고 온다. 그런데 배달 앱을 켜면 너무 선택지가 많아서 또 마음이 오락가락한다. 피자와 치킨 사이에서 한참을 고민하다가 겨우 치킨으로 마음을 먹었는데, 이번엔 그다음 관문이 기다린다.

일단 의심의 여지 없이 순살을 선택한 것까지는

좋은데, 반반 메뉴를 고르기로 한 것까지도 좋은데, 선택의 영역이 아직 남아 있다. 어떻게 그 반반을 채우느냐가 관건인 것이다. 블랙알리오와 투움바, 고추마요 중에 어떤 조합으로? 이게 뭐라고, 얼른 고를 수가 없다. 처음도 아닌데. 나는 이 치킨을 시키면 함께 먹을 L에게 묻는다. 어떤 걸로 할까?

L이 블랙알리오와 고추마요를 고르면 그대로 시킬 생각이었는데, L이 블랙알리오와 투움바를 고른다. 고추마요도 괜찮지 않아? 내 말에 L은 그럼 고추마요와 블랙알리오를 고른다. 그러면 내게는 이제 투움바가 아주 중요한 사건처럼 느껴지는 것이다. 내가 놓칠 수도 있는 중요한 사건…. 치킨의 세계와 소설의 세계를 혼동한 작가 하나는 그렇게 거의 삼십 분을 고민하다가 치킨 한 마리를 겨우 시킨다.

가끔은 마감식이 이래도 되나 싶은 곳에서 이뤄지기도 한다. 맛집 앞 대기줄 속에 내가 포함되는 것이다. '드물게' 이런 일이 '종종' 일어난다. '드물게'와 '종종'이 한 문장에 놓인 기분, 그 뭔가 말도 안 되는 기분, 그게 마감 중에 〈생활의 달인〉과 같은 프로그램에 나온 식당 앞에 줄 서 있을 때의 내 상태다.

원고 마감을 하지 못한 채 달인의 크루아상이나 들깨옹심이를 먹기 위해 줄을 선 적이 있다. 설마 편집자를 여기서 만나지는 않겠지, 마음 졸이면서. 달인의 가게 앞에 당도하기 전까지 확고했던 내 추진력은 대기인원의 규모에 따라 쉽게 무너진다. 간혹 압도적인 '이줄망(이번 줄은 망했어)'을 보여주는 광경들이 있다. 그럴 때는 돌아서야 한다. 내 마지노선은 20분이다. 그러나 현실적으로는 한 시간을 기다린 적도 있긴 하다. 그건 내 의지라기보다는 동행의 의지 때문이다.

줄이 몹시 긴 어느 베이글 맛집 앞에서 내가 "이미 글렀어."라고 할 때, L은 나를 줄에 세워두고는 냉큼 편의점에 가서 뭔가를 사 온다. 배가 통통한 바나나우유 같은 것. 빨대를 꽂아 내 입에 물려놓고는, 줄이 엄청 빠른 속도로 줄어들고 있다고 중계한다. 중계할 것은 많다. 기다림을 포기하기도 하고(저기 앞에 두 명 나갔어!) 벤치마킹하기도 하고(저기도 편의점 다녀왔네!) 메뉴 하나가 마감되었다는 말에 폭발하기도 하고(싸우나 봐! 저 아저씨 욕했어!) 그럼에도 불구하고 또 기다린다(저 사람 들고 나온다!). 곳곳에 사건이 있다. 사건이.

여기에 오자고 한 건 물론 나였다. 그러나 이렇게까지 열심히 할 생각은 없었단 말이다. 그러니까 이렇게까지 열심히 기다릴 생각은! L은 칭얼거리는 동행에게 이렇게 말해준다. "어차피 줄은 다 줄어들게 돼 있어." 이쯤 되면 L은 줄 서기의 달인이다. 그의 말은 사실이긴 하다. 긴 줄 속의 점 하나가 되어 있으면, 결국은 내 차례가 오니까. 그건 뭔가 안심이 되는 시스템 아닌가. 언젠가는 내 차례가 온다는 사실, 그 정직한 룰이 가볍게 무시되기도 하는 세상이니까.

줄 밖으로 이탈하지 않는 한, 내 자리가 온다는 건 사람에게나 원고에게나 믿고 싶은 판타지다. 물론 예기치 않은 일은 종종 벌어지니까 가끔은 내 바로 앞에서 "오늘 재료 소진" 같은 푯말이 딱 붙어 좌절하게 되거나, 내 바로 뒤에서 대기조차 마감되기도 하지만. 만약 그런 의외의 '사건'이 벌어진다면, 그럼 다른 식당으로 가면 된다. 선택지는 많다. 이런 의외의 이동이 반짝이는 영감을 가져오기도 한다.

원고 속에서 길을 잃은 느낌일 때, 그 미로를 헤쳐나가는 방법도 사람마다 다르겠지만 내 경우엔 일단 원고를 덮고 조금 걷는 것을 선호한다. 핀셋으로 내 몸을 잡아서 여기가 아닌 다른 어딘가로 옮겨놓는 것이다. 내가 아이디어를 가장 많이 얻은 곳 중에 하나가 횡단보도 앞인데, 거기서 가만히 초록불을 기다릴 때 켜지는 게 신호등만은 아니다.

냉장고엔 코끼리도 넣을 수 없지만

냉장고

염승숙

유년기에 자리 잡는 머릿속 문장들이 있는 것 같다. 생각하지 않으려고 해도 사는 와중에 불쑥 떠오르거나, 그래선지 등 떠밀어 내몰고 싶어도 도무지 밀려나지 않는 식으로. 고백하자면 내 경우에는 이런 거랄까.

아버지 가방에 들어가신다.

띄어쓰기를 제대로 하지 않으면 의미가 바뀌어 버리니까 주의하라, 정도의 교육을 받을 때 흔한 예시로 주어졌던 문장이다. '아버지가'에서 띄어 써야 아버지를 가방 안에 넣어버리지 않을 수 있는 것이다. (비슷한 예로는 '할머니 가죽을 먹는다.'가 있었는데 다들 기억하실까요. 당연히 '할머니가'에서 띄어쓰기를 해줘야, 무서운 상상을 피할 수 있었습니다. 하지만 '할머니께서 죽을 드신다.'라고 쓰는 게 맞는 거니까, 아이들에게 조사의 올바른 사용을 가르치기 위한 예문이 지나치게 잔혹했다는 생각….)

그리고 한 가지가 더 있다. 이건 너무나 오래된, 고전 유머에 가까워서 모르는 사람이 없을 듯하다.

냉장고에 코끼리를 넣는 방법.

1) 냉장고 문을 연다.

2) 코끼리를 넣는다.

3) 냉장고 문을 닫는다.

다소 실없는 말장난에 가깝지만, 어째선지 나는 이유 없이 가려운 목덜미를 매만지듯 자주 이 농담을 떠올리며 살아왔고 요즘도 그렇다. 가방에 들어가는 아버지만큼이나 냉장고에 코끼리를 넣는 방법에 대해서도 이따금씩 고민해보는 것이다. 나 같은 사람은 세상천지에 가득해서 인터넷 검색만 해도 냉장고에 코끼리를 넣으려는 각양각계의 전문가들이 대거 포진해 있다.

코끼리를 미분하고 또 적분한다는, 아무튼 수학계부터 시작해 냉장고보다 작은 코끼리를 만들어야 한다는 유전공학, 빛의 속도로 코끼리를 1조 번 정도 던지면 그중 한 번은 성공할 거라는 양자역학, 냉장고에 들어간 코끼리를 생각하지 말라는 인지언어학(생각하지 말라면 생각이 나버리니까 코끼리는 이미 냉장고에 들어가 있는 셈.), 하다못해 "나는 코끼리를 냉장고에 넣을 수 있는 놀라운 법을 알아냈으나 여백이 부족하여 적지 않는다."는 페르마의 마지막 정리를 응용한 개그까지, 너무나 다양하다.

아버지가 가방에 들어가시든, 냉장고에 코끼리를 넣든, 이 두 문장의 공통된 성질이라면 '불가능'에 있지 않을까? 아버지, 가방, 냉장고, 코끼리. 각기 다른 네 가지 개체의 크기가 설정되어 있지 않아서 무조건적으로 불가하다고까지 말할 수 없는지도 모르지만 — 아버지만 한 가방이라든가 코끼리만 한 냉장고 등 — 상식적인 선에서, 아버지는 (손)가방에 들어갈 수 없고 코끼리는 (가정용) 냉장고에 집어넣을 수 없다는 것. 그러니까 우리는 이 매혹적인 불가능성 앞에서 웃게 된다. 아버지가 가방에 들어가다니, 냉장고에 코끼리를 넣는 방법이라니, 그게 무슨 소리야…. 보통, 인간은 말이 되지 않는 상황에서 웃어버리는 것이다.

나는 어쩔 땐 습관처럼, "자, 오늘은 냉장고에 코끼리가 있을까요…?" 혼잣말을 하며 냉장고 앞으로 가기도 하는데, 생각해보면 이건 당연히, 내가 하루에도 몇 번씩 냉장고 문을 열고 닫기 때문이다. 간

혹 극한의 미니멀리즘을 추구하는 작가가 쓴 에세이를 읽으면 전기 절약을 위해 "저희 집엔 냉장고가 없답니다."라는 내용이 나오기도 하고, 물론 그런 삶의 방식도 존중하지만, 도시에 살면서 집에 냉장고를 두지 않기란 어려운 일! 한국인의 냉장고는 특히나, "그 정도면 냉장이 아니라 저장이라고 봐야죠?" 소리를 듣게 마련이니 나고 자라 배우며 살아가는 환경 여건도 무시할 수만은 없다. 냉장고엔 코끼리도 넣을 수 없지만, 아니 그래도 그렇지, 냉장고가 없는 주방이라니 그건 말이 안 되죠…. 말이 안 되니까, 나는 내가 냉장고를 필요로 하는 인간이라는 사실에 그저, 웃고 만다.

냉장고를 의식하기 시작한 건 외부활동보다 집에 머무는 시간이 점점 많아지면서였다. 정규 교육 과정을 마치고 더는 매일 학교에 가지 않아도 되었던 때부터. 작업실을 따로 마련하지 않은 데다 때때로 주방 식탁에서 급한 마감들을 해치우곤 하기 때문에 주방에서 한 자리 차지하는, 거대한 가전제품을 긴 시간 바라봐야 했던 때부터. 코끼리도 넣을 수 없다면 냉장고가 굳이 저렇게 커야 할 이유가 있는가, 하는 문제에 골몰하기 시작했던 때부터. 결혼할 때 장만했던 양문형 대형 냉장고가 눈에 거슬리게 된 뒤로 나는 작은 용량의 냉장고를 향한 열망에 오래도록, 아주 단단히 사로잡혔다. 더 정확히는, 크기가 작으면서 미관상으로도 아주 예쁜! 날마다 바라봐도 질리지 않는!

우여곡절 끝에 냉장고를 바꿔 들인 뒤로 세운 원칙은 당연히, 냉장고를 '채우지' 않는 거였다. 냉장고를 저장고로 쓰지 않기 위해서 애를 쓰는 것. 나는 대형마트도 이용하지 않기 때문에, 가까운 슈퍼에서 당일에 쓸 식재료들을 조금씩만 구입해 온다.

미리 사지 않는다.
많이 사지 않는다.

이런 점을, 늘 유념하려고 한다. 나는 언제나 정신머리가 없는 타입이라서, 주의를 기울이며 의식하지 않으면 신경을 못 쓰고 식재료를 버리게 되는 일이 허다하므로. 나의 작은 냉장고는 그래서 대부분은 텅, 비어 있다. 명절 직후에 양가 어머니께서 주신 각종 밑반찬들로 가득 차는 때만 제외하면 대체로는 자리와 여유가 만만하다.

　뭐가 많이 없지만, 그래도 항상 냉장고 안을 채우고 있는 기본 재료들은 있다. 아이가 있으니까 요리를 하지 않을 수가 없고, 음식을 해 먹이자니 무조건 필요한 것들. 말이 나와서 말이지만… 프랑수아즈 사강은 아이를 낳은 그 순간에 "죽을 자유를 잃었다는 걸 깨달았다."고 하지 않았던가요. 저는 음식을 해 먹지 않을 자유를 잃었습니다….

　지극히 평범해서 다른 분들의 냉장고와 다를 게 없을 것 같아 걱정이긴 한데… 먼저 냉동실에 빠질 수 없는 건, 파와 다진 마늘이다. 기본 중의 기본이죠? 파 한 단을 사면 씻고 잘라서 소분해놓고, 당장 쓸 분량은 냉장실로, 나머지는 냉동실로 직행한다. 파와 다진 마늘을 얼려두면 오래 먹을 수 있으니까.

　그리고 또 냉동실에 떨어지지 않게 채워놓는 다섯 가지가 있다. 새우와 바지락과 우렁이살과 자른 쌀떡과 한우사골. 얼려둔 것이지만 오일 파스타와 된장찌개, 떡국 등을 손쉽게 만들 수 있어서 좋아한다.

　　냉장실을 열었을 때 마음이 든든한 식재료로는 무와 당근, 양배추를 빼놓을 수 없다. 호박이나 버섯은 쉽게 물러버려서 보관이 쉽지 않은데 무와 당근은 생각보다 오래간다. 무 한 통은 크기가 꽤 커서 처음에 사 들고 올 땐 부담스러워도 은근히 금방 먹는다. 된장찌개나 국에도 넣고, 뭇국이나 배춧국도 끓인다. 뭇국은 몸이 좋지 않아서 뭔가 뜨끈한 국물이 먹고 싶을 때 꼭 생각나는데, 소고기보다 생물 오징어를 넣어 끓이는 걸 좀 더 선호하는 편. 당근은 말해 뭐 할까? 찜이나 말이 등 달걀을 이용한 요리에는 다 넣을 수 있고, 어묵볶음이나 불고기에도 넣어 먹는 만능 채소.

　　양배추는 마감 중이지만 그래도 건강하게 먹고 싶다, 건강한 것도 좋지만 간단하면 더 좋겠다, 싶을 때 빈번히 활용한다. 팬에 기름을 두르고, 파와 양파, 양배추를 가늘게 썰어서 잔뜩(이걸 내가 다 먹을 수 있나… 싶을 정도의 양을 추천합니다.) 넣어 볶는다. 생각 없이, 머리를 다 비우고, 하염없이 볶고 또 볶다가 내가 양배추인가 양배추가 나인가 싶은 물아일체의 기분이 들면 소금이나 감칠맛이 나는 간장(참치액 한 스푼도 좋아요.)을 아주 조금 넣고 불을 끈다. 밥에 올려 덮밥으로 먹으면 배 속이 편한, 간단 영양식이 된다.

또, 마감을 앞두고 심신이 복잡할 때라거나 마감을 해치우고 좀 살 만하다 싶을 땐 보양식이라고 여기며, 토마토 소스에 넣어 푹 익힌 양배추롤을 만들어 먹기도 한다. 레시피에 갇히지 않고 그저 만두소나 동그랑땡을 만든다고 생각하며 양배추 속을 채우면… 아, 쓰다 보니 먹고 싶어지네요!

작가로서 먹고사는 일에 대해 고심하다 보면, 일정 온도를 내내 유지하며 신선 보관을 목적으로 하는 눈앞의 저 냉장고가 나보다 더 유의미한 생이 아닌가, 울적해지기도 한다. 열망을 품고 뜨거워지지 않아도 되는 냉철한 저 냉장고… 지성적으로도 보이는 저 냉장고… 뭐 코끼리 따위 안 들어가면 어떠냐고요…. 중얼거리게 되는 때에 어쩌다 한 번쯤은, 냉장고에 들어가고 싶었던 건 결국 냉장고에 코끼리를 넣는 방법을 고민하던, 바로 그 인간이 아니었을까 싶은 것이다. 열이 바짝 올라 터질 것 같은 머리를 차디찬 냉장고에라도 들어가서 식혀버리고 싶었던 인간. 어쩌면 이 얘기 저 얘기 메모와 낙서만 거듭하다가 머리카락을 쥐어뜯으며 "나 같은 건 소설 못 쓸 것 같다."고 절망해버린 소설가 지망생은 아니었을지?

냉장고에 들어가 앉을 순 없으니까, 오늘도 그저 냉장고 문을 열고 머리를 들이밀 뿐이다. 뭐가 있나, 뭘 해 먹어야 하나, 하고. 코를 벌름거리며, 코끼리나 된 기분으로.

냉이와 대파에 대한 고해성사

냉장고

윤고은

지난봄에는 냉이의 안부를 묻는 사연들을 종종 받았다. 매일 두 시간씩 라디오 프로그램을 진행하다 보니 이런저런 내 일상을 자연스레 청취자들과 나누게 되는데, 그 과정에서 등장한 것이 그 무렵 내가 '우리 집 냉이'라 부르던 존재였다. 냉이를 사고 나면 바로 그날 요리해 먹는 사람도 있고, 다음 날 요리하는 사람도 있고, 그다음 날 요리하는 사람도 있겠지만, 나는 일주일이 지나도록 냉이를 야채칸에 보관해두기만 했다. 물론 이건 내가 원하는 모습이 아니다.

라디오에서는 이번 주말에 냉이를 꼭 먹을 거라고 말했지만 냉이의 존재 자체를 잊어버렸다. 야채칸에 넣어둔 게 문제였나, 그렇게 자주 냉장고 문을 여닫으면서도 왜 냉이를 못 봤을까. 누군가가 내게 냉이를 잠시 위탁하기라도 한 것처럼 나는 냉이를 잘 맡아두기만 했다. 그러다 며칠이 더 지나 라디오로 온 청취자 사연 속에서 우리 집 냉이를 떠올리게 됐다. 냉이의 안부를 묻는 사연 앞에서 나는 이렇게 말했다. 냉이가 2주째 냉장고 안에서 조금씩 자라는 중이라고, 냉장고 안에서 냉이를 키우는 중이라고.

냉이 입장에서 들으면 정말 황당한 얘기지만, 그 말을 하면서 나는 진심으로 냉이의 성장을 기대하는 기분이 됐다. 그렇게 우리 집 냉이는 정말 반려냉이 같은 느낌으로 남았고, 결국 반려냉이는 한 달간 냉장고 안에서 무럭무럭 자라다가….

그날 당장 먹을 재료들만 조금씩 구입한다면 이렇게 누락되는 존재가 없을 텐데, 내 생활 리듬이 그렇지 못하다. 냉이를 사고 손질해서 요리하는 것보다 냉이무침이나 냉이된장찌개를 사 먹는 것이 더 빠르고 편리한데도, 장 볼 때는 의욕만 앞서는 것이다. 냉이를 사서 당장 오늘이 아니더라도 내일이나 모레 꼭 먹을 것이다, 그런 생각으로 붉고 푸른 채소들을 장바구니에 담지만 냉장고에 들어간 이후 그들 중 몇은 잊힌다.

처음 계획이야 어떠했든 결과만 보자면, 나는 단지 그 봄이 가기 전에 봄나물을 사는 사람이 되고 싶었던 것뿐이다. 제철 감각이라는 건 확실히 근사한 거니까, 그건 성실성과 여유가 없으면 챙기기 어려운 것이니까. 냉이는 제철 감각 소유자임을 증명할 수 있는 일종의 도구였던 셈이다. 나는 그렇게 냉이를 이용하고 말았다. 그 냉이는 한 달간 냉장고 안에서 무럭무럭 자라다가….

지난봄의 냉이를 잊지 못해 아파하는 것 같지만 양심 없게도… 냉이만이 아니다. 가지도, 케일도, 브로콜리와 셀러리도. 이렇게 아름다운 채소들을 홀린 듯이 사고는 냉장고 안에서 필요 이상으로 오래 키우는 게 지난 몇 년간 나의 리듬이었다. 정확히 말하면 키우는 게 아니라 방치지만. 채소들에 대한 고해성사를 하자면 내게는 조금 더 긴 지면이 필요할지도 모른다.

어제는 대파를 버렸다. 이번 대파는 사자마자 잘 다듬어서 냉장고에 착착 넣어두었기 때문에 특히 더 마음이 아팠는데 사자마자 잘 다듬는 경우도 내겐 드물기 때문이다. 거대한 대파를 요란하게, 마치 대파 한 마리를 잡는 듯 다듬어놓고는 결국 절반 이상을 쓰지도 못하고 버렸다. 손질용 대파보다는 한 단 단위로 파는 대파가 더 가성비 좋고 신선하게 느껴지니 대파를 사면 자꾸 한 단을 집어 들게 되는데, 사실 내 일상은 대파 한 단을 온전히 소화하지 못하는 규모인 것이다. 그럼에도 불구하고 대파를 고를 때는 자꾸만 더 싱싱하고 더 크고 풍성한 것을 찾게 된다. 그리고 절대 냉동실에는 넣지 않는다.

대파는 요리를 해야만, 적어도 라면이라도 끓여야만 소비할 수가 있는 재료인데 요리하지 않을 거면서 왜 대파를 사는가…. 이 역시 냉이를 살 때와 같은 이유로 설명된다. 단지 대파를 살 때의 기분을 좋아하는 것이다. 냉이가 나의 제철 감각을 증명하는 도구로 쓰였다면, 대파는 약간 화초처럼 느껴진다. 싱싱한 녹색의 기운과 웬만한 가방에 넣어도 위로 삐죽 솟아나는 그 형체가 마음에 든다. 동양란 같기도 하고 야자수 같기도 하고, 이 모두 대파 입장에서 보면 변명에 불과하지만.

냉이나 대파를 장바구니에 담을 때의 기분은 참치통조림이나 라면을 담을 때와는 분명 다르다. 확실히 산뜻하고 부지런해지는 기분이랄까. 그래서 마트에 갈 때마다 혹은 온라인 쇼핑을 할 때도 자꾸 채소 코너를 기웃거리지만, 언제까지 기분 우선으로 살 것인가! 냉장실이나 냉동실에서 식재료가 잊히는 것은, 그래서 오랜만에 중생대 암모나이트 같은 표정으로 발견되는 것은, 그 안의 시간이 '일시정지'일 거라고 믿는 데서 시작된다. 냉장고 안에서도 시간은 서서히 부패하며 흐른다는 것을 나는 자주 잊어버린다.

　　그 결과 무책임하게 이별한 식재료 중에 지난봄의 냉이와 사철의 대파를 언급했을 뿐인데, 그 둘을 합치니 묘하게도 '냉파'가 된다는 사실을 지금 막 깨달았다. 냉장고 파먹기, 냉파. 냉파라는 말은 두 가지 생각을 부른다. 일단 냉장고 내부를 깊숙이 들여다볼 필요가 없을 만큼 뭔가를 많이 들이지 말자. 그리고 주기적인 냉파를 통해 내부의 시간을 관리하자.

　　냉장고나 책상이나 정리를 하지 않으면 뒤늦게 보물을 발견하고 탄식하는 상황이 벌어진다는 점에서는 비슷한 공간이다. 주기적으로 관리해야 할 것은 냉장고만이 아니다. 책상도 마찬가지다. 특히 잘 관리해야 할 것은 내가 써둔 메모들이다. 분명히 어딘가에 쓰려고 메모를 했다가 그 메모를 찾지 못해 불완전한 기억을 갖게 된 때가 한두 번인가.

　　세상 어딘가에는 영감을 박제한 메모들부터 원

고의 변천사까지 차곡차곡 정리해두는 작가들도 있을 것이다. 아주 잘 정리된 냉장고를 열었을 때의 기분처럼, 한눈에 뭐가 어디에 있는지 잘 아는 작가들. 그렇게 되도록 보관하는 작가들. 나도 언젠가는 그런 작가가 될 수 있으려나. 안타깝게도 지금은 아니다.

나는 최종원고를 완성하면 그 이전 것은 모두 폐기해버리는 쪽이다. 초고라든지 각종 자료들도. 누가 이유를 물어보면 보다 위대한 작가로 남기 위해 그러는 거라고 둘러대는데, 실은 그저 습성인 것 같다. 중학생이 되어서는 초등학교 때 일기를 서둘러 버렸고, 중학교 2학년이 되어서는 1학년 때 일기를, 3학년이 되어서는 2학년 때 일기를 버렸다. 그 주기는 점차 짧아져서 언젠가부터 일주일 전에 쓴 일기도 버리기 시작했고, 일기에서 간단한 스케줄러로 갈아탄 다음에도 마찬가지였다. 결과적으로 남은 기록이 거의 없는 셈인데, 그래도 용케 살아남은 기록들과 마주할 때가 있다.

이를테면 열다섯 살 때 학교 과제로 썼던 글이 갑자기 발견되는 것이다. '20년 후의 내 모습'에 대해 쓴 글이었는데, 내 소각 습성과 몇 번의 이사 속에서 그 글이 생존할 수 있었던 건 장소 때문일 수도 있다. 다시는 열어보지 않으리라 생각했던 중학교 졸업앨범 속에 넣어두었던 것이다. 글에 따르면 서른다섯의 나는 독신이고, 작가였다. 실제로는 서른다섯 즈음 나는 이미 결혼한 상태였지만, 그 부분을 빼면 글 속의 생활과 거의 일치했다. 대체 열다섯의 나는 어떻게 서른다섯의 내가 원고 마감 독촉을 받을 거란 사실을 예견했단 말인가. 서른다섯의 내가 바나나 껍질을 밟고 와장창 넘어지는 장면도 낯설지 않다.

예측 못한 게 있다면 나보다 먼저 늙어버린 소품이었다. 글에 의하면, 서른다섯의 나는 외출 후 집에 돌아와서 자동응답전화기에 녹음된 메시지를 확인한다. "외출 중이오니, 용건이 있으면 남겨주세요."라는 메시지가 나오는 자동응답전화기 말이다. 그건 당시 내 동경의 아이템이었지만, 고등학생 때는 '삐삐(호출기)'가 유행했고, 대학생 때는 휴대전화 번호를 갖게 되었다. 결국 자동응답전화기는 내게 한 번도 현재인 적 없이, 미래에서 바로 과거로 가버린 셈이다. 어떤 것들은 이렇게 내 몸에 닿기도 전에

삭아버리는데, 묘하게도, 그래서 영원히 꿈의 영역
에 남는다.

등장인물을 떼어내면

만찬

염승숙

마감에도 단계가 있는 법. 내 경우엔 편집자에게 맨 처음 파일로 전송하는 원고를 끝마쳤을 때가 가장 힘이 든다. 홀로 완성시킨 초고를 다시 매만져서 마무리하는 첫 번째 원고. 이때는 원고를 '쓴다'는 표현보다는 '만든다'로 봐야 옳다. 대부분의 작가들이 그러하겠지만, 서사를 진행시켜나가는 개연성과 필연성을 충족시켜야 하기 때문이다. 이미 쓰인 이야기가 말이 되는가, 그럴듯한가 등에 대해 고심하길 반복하다 보면 일인 다역으로 젠가를 쌓아 올리는 기분이다. 어느 장면에선 나무 블록을 제대로 빼내지 못하고, 어느 장면에선 가까스로 빼낸 나무 블록을 또한 제대로 쌓지 못하는 식으로, 나는 자꾸만 서사의 탑을 무너뜨리는 패배자가 된 것처럼 초조하다. 이 게임에서의 승리는 단 한 번도 경험해보지 않았다는 듯이!

그러니까 진짜 마감은 조판된 지면에 교정을 마치고, 수정사항이 반영되고, 인쇄 직전의 PDF까지 확인한 뒤에야 이루어진다. 이 기간은 길게는 한 달이나 보름, 짧게는 며칠이나 단 하루인 경우도 있는데(믿기 어렵지만 서너 시간이었던 적도 허다하죠.) 사실

이건 꽤 인내심을 요구하는 일이면서, 작가로서 게으름을 피울 수 없는 과정이다. 사소하게는 오탈자부터, 크게는 문장의 배치가 뒤바뀐다거나 공들여 쓴 단락이 통으로 사라지는 공포(!)를 발견하고 싶지 않다면 눈을 부릅뜨고 확인해야 하는 것이다. (오래전의 지난날, H 잡지에 실린 소설 전문이 단락이 나누어지지 않은 채로 다닥다닥 붙어 있는 걸 봤을 때의 절망감이 제 트라우마입니다….)

젊었을 때는(세상에, 이런 표현을 쓰게 될 줄이야!) 마감을 마치고 나면, 닥치는 대로 뭔가 더 읽는 쪽을 택했었다. 미용실에서만 접하는 패션잡지를 두세 권 사서 깨알 같은 글자들을 몇 시간씩 읽어치운다든가 당시에 즐겨 읽던 식민지 시기나 전후 소설의 세로쓰기 판본들에 집중한다거나 하는 식으로. 어리석은 일이었다. 그게 내가 정신이 한껏 고양된, 흥분 상태에서 쉽게 헤어 나오지 못했기 때문이라는 건 뒤늦게 깨달았다. 돌아보면 마감 이후에 활자 중독자처럼 무모하게 구는 게 건강에 좋았을 리가 없어서 나는 눈에 온갖 염증을 달고 살았는데, 안통(眼痛)의

괴로움을 알게 된 이후로는 읽는 것보다 먹는 쪽으로 바꾸려고 애를 썼다. 일단 먹어서 허기를 달래고, 배 속을 채우고, 또한 잘 먹어서 소진된 기력을 회복하는 게 중요하다는 걸 알게 되었다.

그러나 '잘' 먹는 게 무엇인가에 대해서는 할 수 있는 말이 없다. 고백하자면, 평소에도 나는 사실 음식에 대해서라면 '상당히' 무관심한 편인 데다가 뭘 먹든 다 '괜찮은데?'라고 생각해버리는 무미(無味) 건조한 타입이라서 그렇다. (누구보다 친밀한 대학 선배 '정'은 일찌감치 저란 인간을 간파해서, 이미 아주 오래전에 "얘는 미각이 없어!"라고 신인류를 발견한 듯 선언한 적이 있습니다. 자정이 넘어가는 무렵의 어느 식당에서였던가요.) 그러니까 "뭐 먹고 싶어?"라는 질문이 세상에서 가장 두렵고, "우리 뭐 먹을까?"라는 질문이 세상에서 가장 곤란한 사람, 그게 나다. 소위 '땡긴다'고 말하는, 먹고 싶은 음식이 별로 없어서 그리고 메뉴 선정 자체를 너무나 어려워하기 때문이다.

혼자라면 고민 따위 필요할 리가! 오랜 자취 경력으로, 끼니를 '대충' 때우는 것에 대해서라면 일가견이 있는 나는, 가정을 꾸리고 아이를 낳으면서 매일의 식단 고민이 얼마나 나의 영혼을 쪼아대는지 알게 되었다. 새끼 고양이 같고 아기 새 같은 나의 아이가 입 벌려 오물오물 먹는 모습 앞에서는 식사를 준비하는 과정에서 힘들었던 게 스륵 사라지기도 하지만, 매번 눈앞에 당도하는 '오늘 뭐 해 먹지?'는 '왜 사는가?'와 비슷하게, 좀처럼 해결할 수 없는 난제 같기만 하다.

아이가 조금 자랐지만, 요즘도 여전히 다르지 않다. 냉장고 문을 열고 닫기를 반복하며 항상 반찬을 걱정하고, 엇비슷한 메뉴들을 반복한다. 아이의 것을 따로 차리기란 어려우니까 간을 세지 않게, 맵지도 않게 만들어서 함께 먹는다. 미소된장으로 국을 끓이거나, 부드러운 양지를 넣고 뭇국을 만들거나, 어묵과 불고기를 볶거나, 고등어를 굽거나… 누구나 예상 가능한, '한국인의 밥상' 무한 반복.

그런데 (해) 먹고 살기에도 바쁜 이 와중에 마감을 끝냈다면? 나이 들며 체력이 부족해지는 걸 절감하는 시기, 아이 때문에 하루하루 허방 짚듯 살아가는 상황에 마감까지 끝마쳐야 했다면? 그렇다면 더

더욱 단백질과 미네랄 등 영양소를 보충할 수 있는 식단을 고민하고 만들어 먹기는… 어림없는 소리! 슬프지만, 건강을 생각하는 것도 기력이 있을 때 가능한 이야기다. 원고를 손보느라 내버려둔 집에서 일단 청소부터 해치워야 할 것 같지만 초연히 미뤄두고, 나는 외식과 배달 중 어느 쪽이 좋을지 고심한다. 세상에서 가장 맛있는 밥은 당연히, 남이 해준 밥이니까.

사실 배달을 시킨다면 간단하다. 상식적인 선에서 메뉴를 고르고, 주문한다. 치킨이나 피자 등 생각 없이 먹어치울 수 있는 것들. 별로 특별할 것이 없어서 특히나 기억나는 것도 없는 게 흠이라면 흠. 배달 음식 중에 유독 기억에 남은 건 두 가지였다.

어느 날은 마감 후에 입맛이 없어서 "우리 뭐 먹을까?" 했더니 마침 아이가 뜻밖에도 "나는 단팥죽이 먹고 싶어요!" 하고 손을 번쩍 들기에 죽을 주문해본 적이 있다. (당시 읽었던 전래동화의 영향이었던 것 같아요.) 재밌는 건, 배달되어 온 포장을 열었을 때 아이스 아메리카노 두 잔도 함께 들어 있었다는 건데, 나는 그제야 주문 과정에서 □커피 □식혜 두 가지의 체크박스가 있었다는 걸 떠올렸다. 커피에 체크하면서도 아무 생각이 없었다는 걸 들킨 듯해서 조금 머쓱해졌지만 무심코 마신 그 커피는 정말이지 놀랄 만큼 맛이 좋았다. 사이즈도 무려 대용량! 단팥 죽을 맛있게 먹는 아이 옆에서 '아아'를 마시며 나는 내가 주문한 가게를 다시 살펴보았고, 매장 정보에서 '특급 바리스타 출신 주방장'이라는 구절을 발견했다. 그리고 내가 놓쳤던 사실도 알게 되었다. 체크할 수 있는 박스는 세 가지였던 것이다.

☐ 커피

☐ 식혜

☐ 붕어빵

또 다른 한 가지는 김치찌개. 마감을 마치고 너무 피곤한 상태라서 기름진 건 싫고, 그저 내가 만들지 않은, 소박한 집밥이 먹고 싶었다. 그래서 고른 아주 평범한 메뉴였는데, 주문과 동시에 배달이 지연된다는 안내를 받았다. '인기가 많구나.' 생각하며 대수롭지 않게 한 시간을 기다린 내게 도착한 건 한 눈에 봐도 '이걸 어떻게 다 먹나.' 싶을 정도로 많은 양의, 김치찌개였다.

나는 내가 주문한 게 2인분이 맞는지 확인해야 했고, 그제야 대다수의 리뷰에 쓰인, "양이 많아서 좋아요, 감사합니다."라는 말의 의미가 무엇인지 정확히 알아차리게 되었다. 이 집의 김치찌개는 1인분이 3인분처럼 왔다. 나는 2인분을 시켰으니까 체감으론 무려 6인분 가까이… 사실이고, 정말이다. 두 개의 용기 중에서 하나만 뜯었는데도 둘이서 다 먹지 못했고, 남은 것을 다음 날에 또 먹었다. 랩을 뜯지도 못하고 냉장고로 직행한 어마어마한 양의 다음 용기도 며칠에 나누어서야 다 먹을 수 있었다. 맛있어서 다행이었지만 그 후로 나는 가끔씩 김치찌개나 먹을까, 하는 마음이 무심결에 들라 치면 은근히 긴장하는 버릇이 생겼다.

배달이 아니라면 마감을 마친 홀가분한 기분으로, '자, 나가볼까?' 싶은 마음도 들게 마련! 피로에 찌든 속을 달래려고 즐겨 찾아가는 식당들이 몇 곳 있다. 나의 만찬은 화려하지 않다. 그런데 막상 생각해보니 주 메뉴를 제대로 먹거나 즐기고 있지는 않다는 다급한 심정이 든다….

순댓국밥집에 가서 "내장은 빼고 순대로만 주세요."라고 말하는 건 그다지 이상하지 않겠지만 나는 다들 줄 서서 먹는 설렁탕집에서 김치만두를, 연식과 명성을 두루 갖춘 냉면집에서 양지탕밥을 주문해 먹곤 한다. 설렁탕이나 냉면을 싫어하진 않지만 각각의 그 집에서는 김치만두와 양지탕밥이 내 입에 더 맛있다. 또 애정하는 즉석떡볶이집에 가면, 맞은편에 앉은 상대방이 떡과 어묵을 다 먹는 것을 기다린다. 남은 국물을 퍼내고 김과 참기름을 뿌려 밥을 볶아주는 때만을 고대하는 것이다. (선배 '정'의 말대로 저는 미각이 없는 걸까요….)

거듭 말하지만 책을 읽고 글을 쓰는 삶이 사실은 그다지 대단할 게 없다. 일상의 곳곳에서 특수한 이벤트가 벌어질 리 없고, 노동요를 부르는 누구나의 삶이 그러하듯 대부분은 일상적이고 반복적이다. 읽고 쓰는 것 외에 별다른 취미나 특기를 가지지 못한 나의 경우는 더 그렇다. 운동이나 음주가무를 즐기지도 않으니까. 심지어 미식도!

서머싯 몸은 "작가의 삶에서 등장인물을 떼어

내면 외롭고 쓸쓸한 삶."이라고 말했는데, 그건 어쩌면 한평생 중독적으로 글쓰기에 임했던 그 또한 자신의 '쓸모'에 대해 고민한 흔적이 아닐까 생각했던 적이 있다. 작가로서의 존재 가치, 그것을 증명하기 위한 분투의 과정이 '씀' 그 자체임을, 나는 서서히 알아가는 중이다.

싸움과 씀.
쓰기 위한 싸움.

작가의 삶은 그것뿐이다. 그러니 잘 싸우기 위해서는 잘 먹어야 한다고, 이제야, 이제 와서야, 조금씩 깨닫는다. 잘 먹고, 잘 싸우고 싶어진다. 가능한 조금 더, 오래.

시간 졸부의 플렉스

만찬

윤고은

만찬에는 세 가지 유형이 있다.

1번, 식당에서 사 먹기. 2번, 배달시켜 먹기. 3번, 집에서 만들어 먹기.

그중 2번과 3번에 대해 말해볼까.

금요일 저녁, 지하철을 타면 환승역인 신사역이나 신논현역에 닿기 전에 배달 앱을 켠다. 그러면서 아주 찬찬히 오늘 저녁에는 뭘 먹을까를 고민하는 것이다. 배달 시간이 얼마나 걸릴까를 가늠하면서, 어떤 걸 먹어야 잘 먹었다고 소문이 날까 욕심내면서, 그냥 집에 있는 걸 어찌 잘 챙겨 먹을까도 고민하면서. 그러나 열차 속에서 규칙적으로 흔들리다 보면 퇴근 후 요리를 한다거나 요리라고 부를 수준이 아니어도 집에 있는 걸 먹을 가능성은 점점 줄어들게 된다. 결국 금요일 저녁은 배달인 것이다.

나처럼 생각하는 사람들이 많은 걸까. 환승역에서 신분당선으로 갈아타니 그 안의 풍경이 고만고만하다. 오후 6시의 열차에서 모르는 사람들이 휴대폰을 들고 작게 속삭이는 소리를 들을 수도 있는데 주로 이런 대화들이다. "뭐 사가? 만두?" "피자 시킬 거야? 아니면 치킨으로 해?" "언니한테 물어봐, 족발이 좋은지 아니면 중국집도 있고." 놀랍게도 모두 같은 고민을 하고 있다.

그 열차 속에 나도 있다. 나는 앱을 이용해 이미 주문을 했거나, 아니면 막 하고 있거나, 아니면 내가 생각한 메뉴를 시킬 수 없음에 좌절하는 중이다. 가장 좋은 건 내가 집에 도착했을 때, 주문한 음식이 현관문 앞에 도착해 있는 걸 발견하는 것이다. 그건 또 다른 의미의 환승이다. 퇴근길을 끝내고 주말에 들어서는 구간.

코로나로 인한 거리두기가 시작되기 전에는 배달 음식을 싫어하는 쪽에 속했다. 메뉴 선택의 폭이 좁다고 생각했고, 무엇보다도 식당에 직접 가서 낯선 조명과 음악 아래 놓이는 걸 좋아했다. 그런데 코로나 이후 배달 앱을 종종 켜게 되었고 자연스럽게 그 안으로 흡수됐다. 이제는 배달 앱을 이용해 '집밥 세트'를 시켜 먹고 그걸 다 먹어갈 때쯤 자연스럽게 '애플망고빙수'를 주문하는, 아주 노련한 배달 앱 연주자가 되었다. 흐름이 끊기면 안 된다. 본식과 후식

사이에 너무 큰 시차가 생기면 흥이 깨지니까. 후식을 꼭 따로 배달해 먹어야 하는가에 대해 의심하게 되는, 그런 상황을 맞닥뜨리고 싶지 않다. 후식이란 의심 없이 도달해야 하는 세계니까. 적절한 타이밍으로 배달 앱을 다시 켜서 주문하는 것이 중요하다.

그러다 이런 생각도 한다. 배달 앱 안에서도 3코스 선택권 같은 게 생기면 좋겠다고. 아니 2코스로도 충분할 것 같다. 이를테면 나는 지삼선을 주문한 후 리슬링 와인과 함께 먹는 걸 좋아하는데, 그걸 다 먹고 나면 꼭 아이스크림이 생각난다. 마치 지금까지 먹었던 모든 것이 아이스크림에 이르는 길이었던 것처럼 느껴질 정도로 간절해진다. 그럴 때 기다렸다는 듯이, 아주 적절한 타이밍으로 아이스크림이 도착한다면 얼마나 좋을까. 물론 이런 컨베이어벨트식의 자동 시스템이 마냥 좋은 건 아니다. 지삼선과 와인에 취하면서도 다음 디저트를 제때 주문하는 정신을 놓지 않고 있다가 적절한 타이밍에 수작업하는 것이 더 보람 있다. 뭐랄까, 야무지게 잘 사는 느낌?

지삼선은 내가 배달 앱을 신뢰하게 된 계기가 된 메뉴이기도 하다. 옆 동네에 살 때 어느 중국음식

점의 지삼선을 특히 좋아했는데, 예약을 미처 하지 못하고 불쑥 찾아갈 때가 대부분이었다. 그 식당은 인기 있는 곳이라 나 같은 충동방문자들은 그때그때 테이블을 얻을 수도 있었고 아닐 수도 있었다. "1시에 예약 손님이 있는데, 지금 12시 30분이니까 한 20분 만에 드실 수 있겠어요? 시키면 지삼선은 10분 넘게 걸리니까." 이런 말이라도 들으면 그래도 시한부 테이블을 얻는 셈이고.

바로 그 지삼선을 앱으로 주문하면 주문 확인 시점부터 집 앞에 도착하기까지 20분이 걸린다. 게다가 여러 시행착오를 거친 뒤 그 식당에서는 최선의 포장까지 찾아낸 듯하다. 지삼선은 식당에서 먹을 때와 다름없이 따뜻하고, 내게는 20분은 물론이고 원한다면 두 시간도 누릴 수 있는 편안한 공간이 있고, 이 만만하고 너그러운 테이블 위에는 미리 사둔 리슬링 와인도 있다. 그리고 지삼선이 끝을 보일 때쯤 아이스크림을 찾아, (냉동실이든 배달 앱이든) 어떻게든 찾아내 마무리하면 꽤 성공적인 금요일 저녁 식사가 된다. 결과적으로 나는 그 동네에 살 때보다 그 식당을 더 자주 이용하게 되었다. 그곳에 가서 먹지 않고 이곳에서 먹을 뿐.

게다가 이곳에서 먹기까지의 과정, 배달 앱을 이용해 지삼선을 주문한 그 궤적을 지도 위에 표시한다면 더 경이로워진다. 3호선 주엽역이나 2호선 합정역에서부터 머릿속으로 생각한 메뉴 후보 중 하나가 지삼선이고, 그것을 신분당선으로 환승할 수 있는 신사역이나 신논현역에서 주문했다는 것, 그리고 내가 목적지인 미금역까지 흘러오는 동안 어디선가 나의 지삼선도 엄청나게 빠른 속도로 내 쪽으로 오고 있다는 사실, 그걸 모두 생각하면 이건 정말 황홀한 여정이 아닐 수 없다. 그리고 우리가 만나면 주말이 서서히 시작된다.

만찬 3번을 선택하게 되는 배경에는 여러 요인이 있는데 그중 하나가 '시간 졸부' 충동이다. 시간 졸부는 마감 직후에 출몰한다. 마감을 너무 늦게 하는 바람에 다음 마감이 이미 코앞에 와 있다는 사실을 모르는 바 아니지만 그래도 먼 길 가기 위해 조금 쉬자는 마음이 될 때 단 며칠간이라도 시간 졸부 짓을 하는 것이다. 시간이 남아도는 듯, 펑펑 써도 충분하다는 듯 졸부 티를 팍팍.

그럴 때 불을 쓰는 요리를 한다. 평소에 내가 하는 '불 쓰는 요리'라는 건 프라이팬 위에서 오믈렛을 시도하다가 망하면 자연스럽게 스크램블로 태세 전환하는 달걀 요리, 그리고 간단한 채소를 볶거나 빵을 굽는 정도인데, 만찬을 준비하는 시간 졸부는 조금 다르다. 로즈메리까지 동원해 마리네이드한 고기나 손질이 귀찮은 채소를 굽기도 하고, 파스타로 실험을 해보기도 한다. 좋아하는 김치볶음을 왕창 만들기도 하고, 단호박을 쪄서 수프를 끓이기도 한다.

크레이그 보어스가 쓴 『헤밍웨이의 요리책』에는 헤밍웨이가 '셰익스피어 앤드 컴퍼니'에 외상값을 갚은 날 집에서 해 먹은 음식의 요리법이 기록되어 있다. 사과타르트로 마무리된 그 식탁 위 풍경을 참고해 나도 요리법을 허공에 적어본다. 일단 오늘의 요리는 들깻가루를 왕창 뿌린 백순대볶음으로, 여기에 떡도 추가했다. 절편을 3등분으로 잘라 넣는, 내가 좋아하는 방식으로. 이 요리를 하게 된 강력한 동기가 있는데, 카페인(내가 진행하는 라디오 프로그램 〈윤고은의 EBS 북카페〉의 청취자 애칭) 한 분이 농사

지은 들깻가루를 선물로 보내주셨기 때문이다. '들깻가루'라고만 적어 보내도 그 사연을 읽겠노라 얘기할 만큼 애정을 표하긴 했지만, 정말 농사지은 들깻가루를 선물 받을 줄이야! 들깻가루가 축복처럼 내린 백순대볶음 완성!

시간 졸부는 오늘 와인을 내일로 미루지 않는다. 순대볶음과 와인은 환상 궁합인 데다가 내 단골 와인 '일 바치알레'는 어떤 메뉴에나 잘 어울린다. 입에 착 붙어서 워낙 맛있다고 느꼈던 와인이었지만 '일 바치알레'의 의미가 '중매인'이라는 걸 알고서 더 좋아하게 됐다.

어느 인터뷰에서 "소설을 쓸 때마다 중매인이 된다. 따로 있던 두 세계를 연결하는 것이다. 내가 데이트 앱이라면, 나는 사용자들에게 굉장히 파격적인 매칭이라는 평가를 들을 것 같다. 그만큼 얼핏 보기엔 낯선 두 세계를 소설의 재료로 가져오기 때문이다."라는 말을 한 적이 있는데, 그 시점이 '일 바치알레'의 의미를 안 이후였는지 이전이었는지 모르겠다. 재난과 여행, 결혼이라는 모험과 보험, 혼자 밥 먹는 법을 배우기 위해 학원에 등록하거나, 남한의 청년이 북한에 신혼집을 얻는다는 설정처럼 나는 진짜 하고 싶은 말을 전하기 위해 종종 어울리지 않아 보이는 둘을 나란히 옆에 두곤 했다. 그러다 어느 날 단골 와인의 이름을 통해 '아, 내가 중매인이네!' 하고 딱 맞는 단어를 찾아내게 된 걸까? 아니면 중매인으로서 마감을 한 후 와인을 마시다가 '아니, 너도 중매인이야?' 하고 반가워하게 된 걸까? 순서가 어떻든 각별한 관계다.

오늘의 와인, 오늘의 요리, 오늘의 조명, 오늘의 음악. 그렇게 완벽한 시간 졸부의 만찬이 시작된다. 특이점이 있다면 오뉴월에 크리스마스 캐럴을 들을 때도 있다는 것. 여름에 들어도 아주 좋은 크리스마스의 목소리들이 분명히 있다. 가장 중요한 건 오늘의 마음. 시간 졸부는 어떤 제약도 두지 않는다. 마음 가는 대로 하시라.

만찬이 끝나고 다음 마감의 터널로 들어가면, 시간 졸부가 플렉스하느라 사다 두었던 재료들은 커다란 짐이 된다.

에필로그

부디 애정으로!

염승숙

때때로 그 겨울의 아침이 떠오른다. 차가운 공기에 몸을 떨면서 집 밖으로 나와, 종종걸음으로 커피를 사러 카페에 갔다. 어느 날은 7시, 어느 날은 7시 30분이나 8시. 나는 그저 끌리는 대로 메뉴를 골랐고, 따뜻한 커피 두 잔을 들고 지하철역 앞에 서서 언니를 기다렸다. 눈앞에 나타난 언니는 커피를 받아 들며 "어머, 나 오늘은 라테가 먹고 싶었는데!"라든가 "아니, 나 이거 진짜야. 그냥 딱 아메리카노가 먹고 싶었어. 어떻게 이렇게 잘 맞힐 수 있는 거야?"라고 말했다. 그냥 아무거나 고른 건데… 내가 머쓱해 할 틈도 없이 언니는 "대단해!"라고 늘 치켜세워주곤 했다.

윤고은 언니와 둘이서 재미 삼아 팟캐스트 〈테이블〉을 진행하던 때였는데, 서로 너무 바쁘다 보니 시간을 따로 낼 수가 없어서 급기야는 아침 일찍 만나곤 하던 터였다. 민낯으로 마주 앉아 깔깔거리며 이야기하던 그 시절, 그 감각이 애틋하게 그리워질 만큼의 시간이 또 흘렀다. 이 책은 당시의 팟캐스트를 들어준(!) 김지향 편집자의 제안에서 시작되었다. '쓰는 동안'이라는 주제어로 언니와 다양한 이야기를 나눴었는데, 그중에 '쓰는 동안, 입은요?'라는 제목의 방송이 '소설가의 마감식'으로 이름 붙여졌다. 똑같은 단어를 놓고 전혀 다른 두 가지 색깔로 쓰인 이 원고들을, 독자 여러분들께서 부디 애정으로 읽어주셨으면!

두 사람의 원고를 오래 기다려준 김지향 편집자에게, 그리고 따스한 마음으로 먼저 읽어준 백수린 소설가에게 깊은 고마움을 전한다.

생각해보면 학부 시절부터, 제법 짧지 않은 시간을 언니와 함께 나눠왔다. 굳이 긴 시간이라고는 말하고 싶지 않다. 앞으로의 시간도 많이 남아 있으니까. 사랑은 위대하지만 우정은 중대하다. 나는 그렇게 믿는다. 가볍게 여길 수 없이 아주 중요하고 큰 사람이 내 곁에 있어서 기쁘고, 좋다. 책도 같이 나눌 수 있어서 더 좋다.

에필로그

퐁식 합시다!

윤고은

— 나 오늘 완전 폭식했어!

— 에이, 언니가 폭식을? 퐁식 정도겠죠.

— 아니, 퐁식은 또 뭐람?

— 퐁식이라 함은…

그때 승숙이 뭐라고 했더라? 기억나지 않지만 그렇게 '퐁식'이라는 말이 하나 탄생했다. 우리의 대화에서 새로운 말이 태어나는 일이 종종 있다. 승숙이 자주 쓰는 '넹!'이나 '흙!' 그리고 '도무지'도 우리의 카톡방에서는 이미 인물 이름처럼 통해서 그 말이 등장할 때마다 나는 세 명의 개성 있는 배우를 떠올린다. 별거 아닌 말도 어떤 관계에서는 낯선 별에 이름을 붙이는 것처럼 신나는 사건이 된다.

'소설가의 마감식' 또한 우리 사이의 완전히 새로운 말이었다. 이 책의 테마에 대한 온도가 몇 차례에 걸쳐 달라졌는데 가장 긴 구간이 '그게 뭘까?'였으므로, 지금 한참을 더 재잘댈 수 있을 것 같은 심정으로 에필로그를 쓴다는 게 좀 놀랍다.

우리는 종종 먹고사는 문제에 대해 말을 포갰고, 마이크 앞에서 그런 이야기를 나누기도 했고, 그러다 이렇게 책을 함께 묶게 되었다. 승숙과 지면을 반반 나눠 쓰는 경험이 마치 소풍날의 돗자리에 나란히 앉는 것처럼 설렜다. 소소한 대화에서 책의 가능성을 발견해준 김지향 편집자에게 고마움을 전한다. 추천의 말을 더해준 백수린 소설가에게도 고마움을 전한다. 책이 나오면 모두 퐁식 합시다!

022　　　　소설가의 마감식

내일은 완성할 거라는 착각

1판 1쇄 찍음 2023년 5월 2일　　　　지은이 염승숙 윤고은
1판 1쇄 펴냄 2023년 5월 9일

편집 김지향 황유라 정예슬
교정교열 안강휘
디자인 박연미
일러스트 정인하
미술 이미화 김낙훈 한나은 김혜수
마케팅 정대용 허진호 김채훈 홍수현 이지원 이지혜 이호정
홍보 이시윤 윤영우
저작권 남유선 김다정 송지영
제작 임지헌 김한수 임수아 권순택
관리 박경희 김도희 김지현

펴낸이 박상준
펴낸곳 세미콜론
출판등록 1997. 3. 24. (제16-1444호)
06027 서울특별시 강남구 도산대로1길 62
대표전화 515-2000
팩시밀리 515-2007
편집부 517-4263
팩시밀리 515-2329

세미콜론은 민음사 출판그룹의
만화·예술·라이프스타일 브랜드입니다.
www.semicolon.co.kr

ISBN
979-11-92908-47-2 03810

트위터 semicolon_books
인스타그램 semicolon.books
페이스북 SemicolonBooks
유튜브 세미콜론TV